丘英姿 著

鐵血红花

——致敬英雄陈铁军

一朵英雄花
绣在福贤路的衣角上
孵出的花蕾
是赤胆忠诚的化身

南 方 出 版 社·海口

图书在版编目（CIP）数据

铁血红花：致敬英雄陈铁军 / 丘英姿著. -- 海口：
南方出版社，2024. 10. -- ISBN 978-7-5501-9205-8

Ⅰ．I227

中国国家版本馆 CIP 数据核字第 2024Q3M035 号

铁血红花——致敬英雄陈铁军

TIEXUE HONGHUA——ZHIJING YINGXONG CHEN TIEJUN

丘英姿　著

责任编辑：杨玉亮

出版发行：南方出版社

邮政编码：570208

地　　址：海南省海口市和平大道70号

电　　话：（0898）66160822

传　　真：（0898）66160830

经　　销：新华书店

印　　刷：山东和平商务有限公司

开　　本：880mm×1230mm　1/32

印　　张：6.125

字　　数：127千字

印　　数：1—1000册

版　　次：2024年10月第1版

印　　次：2024年11月第1次印刷

定　　价：68.00元

作者简介

　　丘英姿，曾用笔名：樱子、邱仁姿；中外友好与文化宣传大使，中国诗歌学会会员，中国自然资源作家协会会员，广东省作家协会会员。年少时开始习文，有诗歌、散文、评论、小小说、随笔散见于全国各类报刊。长诗《佛山陈铁军》曾获第八届中国长诗·最佳新锐奖；诗集《时间的剪纸》荣获佛山文学奖·银奖。

序

张　况

革命烈士陈铁军（1904—1928）是佛山人民的优秀女儿，她1926年参加中国共产党，1928年与周文雍为了完成党交给他们的重要任务而同时被捕，最后牺牲在广州红花岗。

陈铁军是革命精神的一种象征，是佛山人不可忘却的一段记忆。她就像血雨腥风中盛开的木棉花，镶嵌于岭南大地。她勇于担当敢于牺牲的革命精神和革命事迹，给佛山这座全国历史文化名城的城市品格与地域气质撒下一圈不朽的光环，她是一位值得永远铭记的革命先烈。

佛山禅城区政协常委樱子是一位诗人，她敬仰陈铁军烈士久矣，用一首3000多行的叙事长诗，与历史深处的陈铁军对话、絮语。

樱子虽系一位女性，但现实生活中的她却颇有点男儿气质，性格也比较豪爽。这一点，从本土不少写诗的汉子们都愿意与她交流、探讨诗作，彼此以"兄弟"相称中便可看出。

樱子姓丘，名英姿，开公司，当老总，据说生意还做得风生水起，是个英姿飒爽且颇有能力的女子。她常乐善好施，仗义疏财。扶贫济困多了，不少人管她叫"丘善人"。因为爱好文学，创业之余，她写诗写文章，当作家做诗人是她的另一个梦想。佛山各级作协文学公益活动，常见她义务劳动的身影，或俯身帮忙，或出资赞助，与一众"哥们"姐们一起采风创作谈笑风生是常有的事。甚至外地来佛山参加文学活动采风创作的作家诗人，只要见上她一面，很快就会被她热情好客的爽朗性格所感染，从而消除了对她的距离和陌生感。

樱子告诉我，自去年初春至今，她业余花了不少时间，在磨一部关于陈铁军烈士的长诗。我闻言点头称许，实则内心持疑。心想如此宏大的红色历史题材，她一个商场中人扛得动么？

如今，这部正能量长诗就要出版了，樱子将作品发我，说是她对这部长诗反反复复已作了多次修改，吃不准好坏妍媸，希望我不吝"赐教"，提提修改意见，并嘱我拨冗制序。

细读文本，我心有所惊，整部长诗温婉细腻中不乏剑拔弩张的细节表达，读起来颇感振奋，也有良多感慨。文友为序之请，真诚，简洁，我乐而为之。

这部饱蘸深情笔触写就的 3000 行长诗，既叙事，也抒情，带着浓烈的个性色彩，将陈铁军烈士短暂而光辉的一生生动地书写了出来，这需要责任意识和抒情能力。

这部长诗分"历史的回响""时间的隐喻""反光的名字""一粒种子的苏醒""木棉花开的声音""鲜血浸染的宣言"六辑，从陈铁军出生、成长、求学、接受进步思想，写到她入党参加革命和为革命牺牲的全过程。是一部传记式长诗。樱子将它取名为《铁血红花》，很明显，这是她向革命先烈陈铁军的一次庄重致敬，是对陈铁军革命生涯的深情回眸，是给佛山这座美丽城市的一个郑重交待，也是樱子沉寂多年后一气呵成的一部心血之作。

下面我试录几段，举例分析一下樱子诗歌之美。

"春风路过佛山镇／时间举起大笔／刻画一个女儿的命运／脚下广袤的大地／正怀揣千万粒花籽的青春／一滴金属的眼泪，义无反顾／像在汾江河的心上／记录一笔匆匆忙忙的／流水账／／汾江水流走了岁月／一朵英雄花／绣在福贤路的衣角上／孵出的花蕾／是赤胆忠诚的化身／她携带着红色基因／站在风景里／她就是佛山女儿——陈铁军"

士别三日，当刮目相看。说的就是我对樱子诗歌的重新认识与评判。事实上，樱子目今的写作已基本跳出了个体情感的狭隘抒发，而代之于家国情怀的开合与掘进。不能不说，樱子的诗歌写作近年来确实有了长足进步，其叙事和抒情已基本达到收放自如的境界，诗歌语言也已逐步摒弃了以往较多纠缠于个人情感宣泄的偏颇，而拥有了新的开掘和语境发现。对于诗歌写作者来说，这种锤炼不是那么容易实现突破的，而她基本达标了。这是她日后可能成为一名优秀诗人的基本条件。为她高兴。

"时间举起大笔刻画一个女儿的命运""一滴金属的眼泪义无反顾""英雄花绣在福贤路的衣角上"这些诗句掷地有声，耐人寻味，情感的寄寓因为有了硬朗上乘的表达而显得棱角分明、丝丝入扣，抒情的品质得以升华，分行的情感得以彰显，进而衬托出陈铁军作为一位英雄人物的高大形象，让人读出烈士的诞生并非偶然，而是具有温厚质感和可靠凭依的。

"这是南国水乡宁静的午后／一群燕子，低旋／回归青砖老屋的瓦檐／街角，木棉花分泌出时间的芬芳／像一个人／喉咙翻滚而出的精神闪电／那些潜伏在躯体的雷霆／多像一把危险的火柴／／汾江河水悠悠，搓衣的女子／把岭南搓疼了／河面泛起的涟漪／像是故事的褶皱／每一道都收藏着未知的波心／岁月的歌，奏响／岸边，从木棉树上飘落的花朵／击打水面，水波扩散，交织／如一串锋利的语言／在波纹之下浩浩荡荡／携带来的宏大动词／源源不断喊出革命的哨音／／从纪录片里走出来／我发现一个闪亮的名字／写成岩浆／红彤彤，哔哔啵啵震响／她写下的印记，可歌可泣／盛满一股磅礴的力量"。

信手拈来都是"喉咙翻滚而出的精神闪电""搓衣女子把岭南搓疼""一个闪亮的名字写成岩浆"等质感喜人、成色上佳的诗句。事实上，一首成功的诗歌作品，其文字张力的实现，确实需要这种具有力量感的诗句才能站得住脚，才能承当起诗歌的整体质量。

从上述表达不难看出，樱子诗歌的语言已初具唯美品相和纯净质地，其抒情力量的获得，借助犀利的诗行和踏实的文字得以表达，让人能够享受到了阅读的愉悦。樱子在这部长诗中表现出来的把控情绪的能力相较于她以往的作品，更显克制沉潜言之有物了。在她经年锤炼的诗句中表现出来的率性抒情，呈现一种并非刻意的精雕细琢。这是诗歌工匠精神之一种，它在樱子这部长诗中有着明显的情感刻度。

记得 2009 年，为了推动群众性爱国主义教育活动深入开展，进一步弘扬伟大的爱国主义精神，迎接新中国成立60周年，经中央批准同意，中宣部、中组部等11个部门联合组织开展了"100位为新中国成立作出突出贡献的英雄模范人物和100位新中国成立以来感动中国人物"评选活动，佛山籍革命烈士陈铁军位列百名英模之中，可谓名垂青史。

册页中的陈铁军是有着炽热革命情怀的中共党员，她不忘初心，牢记使命，为实现共产主义事业敢于抛颅洒血，不惜牺牲宝贵生命，其闪光的革命精神令人钦佩，与南国木棉花一起绽放悲壮血色。

樱子这部长诗以缅怀先贤为着墨点，用告慰英烈的深情笔意，写出了人性的光辉。作品传承革命先烈遗志，弘扬社会主义核心价值观，是一部杠杠的正能量佳作。

如今在广州起义烈士陵园有一座八角湖心亭，亭上悬挂着"血祭轩辕"牌匾，这是纪念为革命牺牲的周文雍、陈铁军两位烈士而修建的纪念亭。足见他们在广东革命史上的位置；在陈铁军的家乡佛山，也建有纪念这位佛山女儿为主题的铁军小学和铁军公园；而坐落于佛山禅城区岭南天地福贤路原善庆坊6号的"陈铁军故居"，也按原貌进行了修缮和活化利用，政府更是将之作为重要的历史文物和爱国主义教育基地将它相对完整地保留了下来。故居辟出展厅，将陈铁军青少年时期的生活予以真实呈现，将陈铁军的成长故事和革命英雄事迹一一向世人展示。是新时代佛山发扬"铁军精神"，传承红色基因的重要载体之一。

樱子这部长诗虽然也有叙事重点不够明晰，段落衔接稍显生硬，情感表达尚欠自然等不足，但它的总体成色非常不错，能够较为生动传神地再现陈铁军烈士的英雄人生，且能生发激励广大党员干部永葆共产党员先进性，增强社会责任感，提高领导干部执政为民意识，增强拒腐防变能力的正能量。诗人樱子有此奉献，很是难得，这部长诗为佛山红色文化添彩，值得读者朋友们期待。

2024 年 7 月 1 日 黄夜

佛山石肯村　南华草堂

张况，著名作家、诗人，中国作家协会会员、中国诗歌学会常务理事、广东省作家协会主席团成员、佛山市作家协会主席。

目录 CONTENTS

序　诗

一个带铁的名字
岂是铁窗能锁住的光芒
经过日子锻打和淬火
进入狱中昏暗的内部
研磨成，民国锋利的词

一年又一年
她的铁拳仍紧握汾江
当年的怒涛，她的铮铮铁骨
将信念高高举起
长成历史破浪的风帆

她就是佛山女儿陈铁军
这朵英雄花
绣在福贤路的衣角上
她携带着红色基因，站在风中

拼命裹紧衣衫，从黑暗走向光明

街角，盛放的木棉花

有她从喉咙翻滚而出的，铁血
灿烂的木棉，没有预约
一个人的经历，就装饰了
这春天，雷电也吓不破的铁胆

如今，陈铁军
在公园，站成一座雕像
站成佛山的一面旗帜

微风吹过，我仿佛听见
历史的回声，再次倒海翻江
那是广州起义的滴漏
那是人世间微小的滴孔
隐秘的枪口

照片里，刑场上的婚礼
两颗澄澈的心，两粒知觉的沙
还来不及转身，热血
却撑起了百年复兴的家国之梦

远处，发芽的歌谣
不知何时
已长成了铁军公园的草坪
牧喂着
一列又一列赓续的风声

第一辑

历史的回响

【特写镜头】

时间：1904 年
地点：佛山镇归侨富商的家里
一个女娃呱呱坠地，父亲陈邦楠取其名：陈燮君
她就是佛山人人皆知的英雄陈铁军

有一种光，只与投缘的一个人拥抱
比思想更光滑。它的性格不会转弯
照耀着叛逆的她，奔进坤贤私塾
在那里读书，听见反帝爱国的乐声在她血管里弹唱
那些血一样浓的歌，仿佛汾江河水一样翻滚

革命洪流冲击着佛山这个古镇
一些高出头颅的忧愁，急促涂抹天空
许多青年学生从广州到佛山来宣传
年仅 15 岁的小燮君
拉着妹妹在街头欢呼呐喊……

光芒来得太快，私塾已装不下新思想

在季华两等女子学校

小燮君与七八位同学一起

成了这所学校的第一批高小学生

小学毕业后，燮君哥嫂不再供给

她继续升学的盘缠，催着她

回去做何家少奶奶

小燮君将自己的首饰和衣物变卖

冲出封建家庭的羁绊

前往广州，寻找救国救民的道路

从此，执着的小燮君

在革命的天气预报里穿行

把闪电与雷声剁碎……

【来自人民的歌声】

曙光，照耀着大地

挺拔的木棉举起摇曳的火炬

点燃了岭南山河万里

呼儿嗨哟，是你
反帝爱国运动中振臂高呼
跳出黑暗的栅栏
迎着东方的虹霓，披荆斩棘

红棉怒放，万万千千
这是大地给你的掌声
这是来自人民的歌唱
有你，就有了铁骨的坚毅

你是英雄的化身
有你，铁血敢担当
风雨中，你铁心跟党走
将壮烈写满天地，铁拳打出了胜仗

这一永不变色的铁血红花
面对反动派的枪支
你用一颗炙热的心
书写了春风的证词

如今盛世已如你所愿

你的风骨，却让人们永远铭记
激励着我们，勇往直前

看，远处河山延绵
一朵灿烂的红
染遍一片天，壮丽而辽阔

001

当民国的太阳往坡下坠落
一场雨沿着青瓦
沿着镬耳墙
向暮色低处撤退
透过盛满愁绪的雨帘
一只手
从苍茫中伸出
一个铮铮铁骨的名字
用坚硬的品质
擦亮了古镇的底色

002

打开尘封档案

我迈开双脚，去寻找历史

寻找，蓄存在铁军公园里的弯弯曲曲

千金小姐的身世

掩藏在青砖大屋

黯哑的光芒里

003

天空的云吸满了暮色

遮掩着决堤的悼词

时间内部庞大的阵容

正倒叙

昔日的波谲云诡

风雨抚触着沧桑的年轮

我的双脚

踏进了百年旧事里

仿佛听见

一声声誓言回荡在耳边

004

这一切，都是潜伏的力量
刚柔并济的她
一次一次用初心划破黑暗
匍匐前进

在陡峭的峰峦里
她以绣花的指尖，握枪
把准星伸出窗口
瞄准
带有铁刺的围栏
一个破败、凄惨的时辰

005

当雨水滴漏成时代的乌云
一个平静的湖面
暗藏着生锈的铁行街
对尘世的悲悯
一张铁花盛开的面孔
叩响了民国的天空

006

壮士的风骨
像是一株绽放的木棉
扎根在贫困交加的土地上
为南中国站岗、放哨
这一片火红
被日子的草木灰一再修复

有人，从南风古灶走出来
打探火的消息
历史的脆响
像是听到了神秘的召唤

民国初年喷溅的巨浪
慢慢向天际线靠近
在某个腥风血雨的长夜
和日子对峙……

第二辑

时间的隐喻

007

春风路过佛山镇
时间举起大笔
刻画一个女儿的命运
脚下广袤的大地
正怀揣千万粒花籽的青春

一滴金属的眼泪，义无反顾
像在汾江河的心上
记录一笔匆匆忙忙的
流水账

008

汾江水流走了岁月
一朵英雄花
绣在福贤路的衣角上
孵出的花蕾
是赤胆忠诚的化身

她携带着红色基因
站在风景里
她就是佛山女儿
——陈铁军

009

这个英雄的
铁骨铮铮
擎着风云激荡的花朵
迈开大步
从困境挣脱，破雾而出

那铁打的名字
经过日子的锻造和淬火
进入狱中昏暗的内部
研磨成一枚锋利的词

她不屈的头颅
将革命信念高高举起
为中华民族的伟大复兴
挺起脊梁
撑起家国梦

铁的心
在一片过滤风云的天空
说出时间的隐喻

那些披坚执锐

永远跟党走的誓言

010

这是南国水乡宁静的午后

一群燕子，低旋

回归青砖老屋的瓦檐

街角，木棉花分泌出时间的芬芳

像一个人

喉咙翻滚而出的精神闪电

那些潜伏在躯体的雷霆

多像一把危险的火柴

011

汾江河水悠悠，搓衣的女子

将岭南搓疼了

河面泛起的涟漪

像是故事的褶皱

每一道都收藏着未知的波心

岁月的歌，奏响

岸边，从木棉树上飘落的花朵
击打水面，水波扩散，交织
如一串锋利的语言
在波纹之下浩浩荡荡
携带来的宏大动词
源源不断喊出革命的哨音

012

从纪录片里走出来
我发现一个闪亮的名字
写成岩浆
红彤彤，哔哔啵啵震响
她写下的印记，可歌可泣
盛满一股磅礴的力量

013

这颗燃烧的心
撞击着时局

过去的革命往事

在岁月揉皱的额头

倒海翻江

奔腾起伏的浪花

那是佛山女儿勇立潮头的记忆

一册日子撰写的纪念

向世人述说着铁军不屈的斗志

时代楷模的精神风范

是一座城市的品格

更是大地上的红色坐标

014

一场风雨。摇落一地心事

风吹着雨，雨卷着风

火红的记忆

将落日交给群山

将灵魂交给纯洁

打湿了滚烫的脉搏

翻开历史血腥的扉页

南方质地柔软

我一脚踏进遐思的通途

隔着脚，踩踏大地的灵魂

回眸，佛山的叙述

有一曲舒卷的万古箴言……

第 三 辑

反光的名字

015

1904 年 4 月
春风的剪刀，咔嚓一声
剪出来一把清亮的啼哭

小燮君，在青砖老屋
呱呱落地
叱咤商海的陈邦楠
喜得千金
此时，天空像一张玻璃镇纸

他带着果品、香烛、酒水
打包成一篮喜悦
兴高采烈地走进祖庙
打开心窗
让光照耀着所能照亮的一切

在儿时藏梦的地方
还神、许愿
他左手举一盏莲花
右手捧着红枣
许愿、还神
为小孩祈福纳瑞

叩谢神灵

殿前。紫烟升起
经文弥漫
如烟的灵魂深处
世界是黑白的，也是彩色的
仿佛星光、云朵落满在他头上
风，穿越耳朵
他感受到
来自上天的恩赐

闭上眼睛
眼前，似花海
如浪翻滚
一个崭新的世界，美妙的声音
踏歌而来

016

时间的轮轴，在转动
夕光洒满人间
不一会儿，天就变暗了
暮色渐近

炊烟升起，似一挂天梯
陈邦楠放下手中的活儿
一股湿润从眼角泛起

他端坐房舍一角的圣域
与祖上悄悄说话
他要给孩子起个吉祥名字
向列祖列宗报喜，祈福美好

017

他一边查古籍，翻典故
某个隐匿的字体里，典藏着
深邃的预言

为父的脸上
喜悦已延伸出明媚
他知道什么值得去爱
他想"燮"字有火气
也有去污纳瑞，除旧迎新之意
"君"为刚正不阿，情操高尚
遂给千金取名"陈燮君"

一个善于反光的名字
它的高洁和光华
能照亮，我们的想象

018

在命运之外
无法掌控的东西太多

陈燮君的降临
仿佛给纷乱混沌的时代
迷离的古镇，密不透风
的家，带来希望

一种幸福，笼罩在陈家
一株幼苗，被甘露滋长
她的小手小脚，似泛绿的词
伸进了春天的诗行

偶尔，发出的啼哭声
在量子世界里，纠缠
一缕缕的光和热
对抗，由大地布控的寂静

019

也许，造物主总是很神奇
活泼的陈燮君

似乎是思想者的替身
那些，前所未有的信息
犹如在她的脑海
植入了智慧的浪花
她言辞犀利，见解独具
过人的胆识
在破解着一串奇特的密码

020

在她眼里，阳光未染纤尘
空茫的大地是一个万花筒
风铃摇曳的童年
似汾江流水，缓缓流动

她好想，将那些开不败的
花期，语言的碎片
写成琥珀里的故事
嵌入生命之旅

021

她爱刺绣，喜欢在手帕上
绣上鲜艳的木棉

形态逼真的红花呵
花蕊里藏有她一冬的心事

那绣花针飞舞的纤指
写满了一个少女的心情
一瓣一瓣
开成硕大的英雄形象，住在心里

治愈自我的步履

022

福贤路上，叶脉、花朵
似乎都黏着她爽朗的笑容
纯洁而鲜艳
月光落在上面
就像一粒追赶潮流的字母
在古镇的肌理空灵飞翔

远方和诗
一分一秒打动着燮君
她向往自由
多么希望能够到大都市去
触摸繁华

用青春的钥匙
打开认识世界的豁口

023

她从汾江河的流水看见光阴
从大地上的裂缝
看见一个磕磕绊绊的季节

她知道春天很短
知道万物相互依存
她也常常觉得自己，离同学有一段距离
她喜欢沉思，一个人
翻开线装的篇章和细节
打发字里行间的孤独

寂寥的日子
她放下书本，撂下笔
静静地坐在校园
消瘦的石头上
发呆，在花香里陶醉
与虚妄的事物对峙
或者冥想

黄昏来临时
光阴会发出冗长的回音
像牵着风筝的丝线
时常会泄露她飞翔的秘密

024

偶尔，炊烟还在书页和词典里
追赶影子
万物却托举着黄昏
托举着寂寞的时光

在各自的时间里
夜给大地涂上了颜色
似乎坐等风儿再来洗白
从黑暗中跳出来的萤火虫
仿佛是她豢养的星辰
总是给予她无限的慰藉

她知道，观察天文现象的人
除了寻找清澈的蔚蓝
也在走入辨认与考古的镜像
星空浩瀚。银河
远在天涯之上，也会低落人间

025

随着年龄的增长
思考的维度加深
小燮君，似乎读懂了时势
她书写的理想
不再发酵多余的美好
一片河山，如何
由穷途变末路
如何由窘境变顺境
她读懂了，那个时代的背景
对混沌世界的想象

很多时候，莫名的耳边生风
似乎感知到
有多种变化的可能

望着这一簇簇花朵
一种翻涌不息的声音
穿过耳膜
隐约闯进她的思维

她多么渴望
绕过历史的真相，绕过

那些高低远近的细节
邀惊雷，抹去陌生的尘
把天空撕开一道口子
在越来越深的静谧中
去赞美
这个残缺的世界

026

鸟鸣落在她的肩上
时光的大手
拨开天空晃动的云彩
一个符号
恍惚着，似有隐意
像风风火火的革命风雷
遗留下来的省略号

那些年，如坐在命运的河畔
眼里的湍急
仿佛是风的宣言，近代史的身影
有暗力涌动的云朵

脚下的风火轮已无法停息
书页开合间

民国时期的灰尘慢慢落下
落在燮君的裙摆
落在中国的节骨眼上

027

迟到的火苗，烧红了泥模岗
铸铁的工场，将春风欢喜了一场
把秋色热烈一遍
月亮在秋风中，舔舐伤口
找到"塔坡庙精神"的寄托和骨感

远处，陈年的汾流古渡
保持着往来的谦卑和深清

一条船载着古镇的梦境
顺流而下
渡口交换的消息，拥拥挤挤

汾江的水浅了
一条河蜷在一些人的眼角
像岁月的埗头
遗忘一场水落石出的戏

一些明亮的语句
在正埠码头停留，热情隐藏于深处
忠义乡的风声
越走越近，悄悄地
泄露了深埋淤泥的红色故事

028

燮君举目远眺
看见，天空的一道异彩
奇幻，耀眼
如先进思想拼接的秘密

那是云层与阴影的结果吗
拱形的天空，记忆停在青春里
思念驻足。在香火将熄的夜晚

革命的洪流
正冲擦佛山这座千年古镇
翻滚出的泪痕
留在冰凉的瓦枕
让假小子的她，身陷其中

029

大地吹着千万遍虚无的风
她手捧书籍
钻进知识的海洋

在荒芜的世界里，云朵
运送着天真的年代
在绯红与绯红之间
她悄悄种下一颗坚韧的种子

夜里，向煤油灯借一束光
让黑夜走入平静的内心世界
她告别白昼
从思想长出翅膀
读懂啼鸣中寂静的诗行

她要父亲送她进私塾
在宽阔的年轮里
转换视觉，谛听辽阔
让知识腾空壁垒

月光。在暗淡的角落清晰
像白天里的一团和气

在冬天通往春天路上，树木蓄能
有人，准备张开对未来的想象

抓举革命标语的风高路远

030

一天的清晨，最好的时光
她去田野收集露珠
像收集一些穷苦人的泪水
她要把故乡一遍遍擦拭

一朵朵木棉，立于枝头
绣入时间的手帕
那些含苞待放的眼睛
满目都是英雄的泪

走进一个永不掉色的相框
那巾帼不让须眉的笑意
就从相框，生活的缝隙跳出
她明白
要把理想涂成红色
付出与得到，往往成不了正比

但她想，既然来到这世界
她就要撩醒，那些沉睡的炉火
迎接未来的光明
将刺拔出，绣入革命的纹理

031

赤艳，在为万物加冕
一粒火种，在眸子深处绵里藏针
童年的意象之马
跨出古典的门槛
引爆非同凡响的
革命惊雷

一枚钉子，放出光亮
将青铜隐藏在手
思维的闪电
是她瞬间的绕指柔
她将储藏于心的星光
兑换成一缕红色的信仰

032

穿过时光的皱褶，新的一天

从浅睡中醒来
历史没有一刻停滞
民国的鸟鸣
似乎比光线更早抵达

一个人，在反复打量
远山近水的晨岚
那片春天吐露的花讯
是人间最美的时光

命运赠予的密钥
即使在梦里，也不能轻易泄露
更不能轻易交出，隐秘的牵挂

站在镀耳屋肩头的小鸟
迎来了短暂的自由
一些人，却哑口无言

远处，漫山遍野
木棉花正在燃烧着
一个多情的春天

一个坚硬的名字，与我隔水守望
深藏的钢筋铁骨，被后人

筑成一座城市的精神丰碑
一次次，让我泪落千行

远山朦胧，一脉肃静
有人在岭南，听着春风
从虚无的灰烬，死而复生
站成铁军公园的雕塑

第四辑

一粒种子的苏醒

033

岁月纤细的笔，行至拐弯处
有手迹在纸上滑动
撰写一张，风雨飘摇的决心书
山隔着山，水重着水
翻过多少澎湃，撞来跌去

眼前，似有鸟鸣划破天空
或许，这是事件沸腾前的蓄力
灵秀聪慧的陈燮君
与一颗种子，同时苏醒

她在私塾，消瘦的园林中
慢慢捧出心中的月亮和火种
读懂了"坤贤"
理解了厚德载物背后的道理

她坐在革命的词典里
思索，拨动琴声
此时，夕阳
正一点点收回大地上的光线

034

她多么想听，花开的声音
那从千里之外涌来
从冰封的土地上钻出来
在枝头盛开的音符或语言

轻柔的春风透过窗棂
她想用鼓音制造出天籁
期望将日子串起来
完成一次生命的蜕变
去迎接神奇的春汛

然而，旧中国贫穷落后的景象
摆满叹息
是谁用手臂挡住了翻页的勇气

一粒词语，甩开万千心事
盼望在自由、民主、温饱的生活里
轻盈绽放

禅声流过
一些迷失的星星之火
重新点燃沉睡的土地

让走过的路
掩埋岁月的沧桑

035

在珠水之滨，在南海县
拥挤的街道
古老的手艺正在失传
国公古庙
持锤的匠人，动作如复仇

陈燮君看在眼里
敲打之声重重叠叠
从新安街老旧的铁匠铺传出
她从小就记住这一幕
这曲无限接近《诗经》的韵律

远处，墙上张贴的宣言
驮着一轮太阳，总是固执地
出现在某个黄昏
某顶帽子的标志上

像烧红的铁饼
在她心里，画着巨大的诱惑

每一个汉字都是向阳的
有形趋于无形，无形带出有形
在岁月压弯的脊背里
有人暗地里，吟一首深沉的诗

036

夜色如墨
黑暗正一点点渗透大地
疲惫的大门紧闭
苦难的人呵
在潮湿的暗处，徘徊

古镇的深夜，是那么寂静
祖庙里的那些佛像
是悄悄点给佛山的明灯吗

陈燮君，从夜色中抽离
隔着一堵厚墙
隔着炉火执念的热情

她想吐出心中的那团火
将黑夜炼成一块滚烫的铁

敲打出闪闪发光的格言

037

一个人的想法，翻过千山万壑
时代汹涌的洪水
如山石泥土的油漆刷子
涂抹成沸腾的血液

从大山中奔流而来
人们纷纷谈论家园的生死
涌出的爱国热情
把万物，快速擦拭了一遍又一遍

反帝爱国运动的爆发
像神摁下的一枚图钉
万物脱下长袍
打量着蓬勃的春天

共产主义思想，萌芽的长短句
在陈燮君身上，团结成一棵树
英气勃发
密集的暗语，显得漫长而诡异

一个全新的世界
开始抵达对岁月的想象
踩着新绿的节拍
盎然的气息，扑面而来
新的春天
已破门而入

038

1919 年，像一首诗的开头
15 岁的陈燮君
挑起胆识的肩膀
从上进青年郭鉴冰手里接过
一叠红色的修辞

一个人，艰难地翻身
从这条街道走到那条巷子
风里雨里
她在加班派送思想的萌芽

她走过的每一段路
把痛苦缩小十倍
再把热爱放大一百倍
拉长的身影，洒下多年的沉默

像移动的光，穿过街头的树叶

在不能到达的路口
试着抖落尘埃
将锋芒收进剑鞘
用一声稚嫩的咳嗽
结束疲惫

039

窗外，红色口号在风中静默
一颗子弹潜伏《新潮》，这本刊物
纸上的文化浪潮，涌动新思想

觉悟浸润在春风里
"季华两等女子"学校的脚步
尽量跟跄，却把理想的种子
晾晒在阳光的线索上，翻耕新土

在进步的阶梯攀登料峭
她觉得自己是铁
是年纪轻轻的硬骨头
小小陈燮君，从走过的路
找出虚实之间的距离，留下标记

她一点一滴劝说父母
她要转学
成为这间学校的一枚铁钉
她知道春风到底什么时候
才能真正抵达

040

风，派送着日子的花香
递过来一片旷野
一根藤蔓从墙缝里爬出
穿过岁月幽深处
向着阳光的高度攀爬

这是多么幽静的一刻
燮君独坐一湾心湖
这一片宁静，她想留住
然而，逃遁的风声
像一把刀
悄悄撕裂了天空的狭窄

041

学习又进入新的一天

1922 年，陈燮君考入广州绅维女子中学
在绅维中学里，她勤奋读书
每天捧着课本至深夜
温柔的月亮盯着她写下一篇文章
名为《风铃的遐想》，抒发了她对知识的渴望
星火所照耀过的每一枚滚烫的词
有她试图敲开理想大门的决心

她拨动着风铃，清脆的铃声赋予了她智慧
她的文章得到了谭天度老师的赞扬
老师把文章贴在学校的墙报上
每天吸引着一大群同学的目光
校园内那些不甘寂寞的木棉
似乎也纷纷探出头，争看

从此，陈燮君的心境
如水般清澈，澄明
这水啊，从东淌到西
从南奔向北
她心中的大地莽莽苍苍

这些日子，她紧握
自由、平等、干净的想象
策马扬鞭，笃学尚行

她从一块橡皮的纹理中
读出未来的渴望
在春风里奔跑，收获知识
成为品学兼优的学生

042

清风，自水上徐来
来到空旷的校道上流连
深情奔跑的影子
甩掉
春天刚穿过的雨衣

牵着手的少男少女
跑过大街小巷
像张开翅膀的天使

天际的鱼鳞云游过去
一所进步学校
慢慢有了铁匠铺契合着的黄昏
传出的铿锵誓言
让一颗颗心跳加速

043

时局动荡不安
地上飘忽不定的晚报
到了暖和的夕光里
伸伸腰
又继续趴了下来

穿着旧校服的人
还在缝隙
派送御寒的传单
一件旧校服
遮掩住家境，还有
内心

此时
春光盛大，花香辽阔
有人在鸟鸣中翻阅潮声
陪河水流淌漫游
沿着小路
一切似乎都备好了章节
一遍一遍静读，书卷的记叙

大地，仿佛遗失了什么

044

在那个封建的落后时代
包办婚姻的现象很是普遍
陈燮君的活泼，聪颖像一束光
射进了何合记盲公饼店大老板的慧眼
世俗的圆满令陈家人窃喜，将陈燮君许配给何家孙子
一根红线拉紧了。这是佛山镇有名的富商联婚
双方家庭极尽钱财，一场婚礼沸沸腾腾
街道上，彩旗招展，八音锣鼓喧天
鲜花铺满喜庆的彩棚
各界名流纷纷登门庆贺

这场包办的婚姻，却让陈燮君十分反感
就在婚礼即将举行时，封建的礼俗未能卡住她的喉咙
她严肃地冲上前，咳出有力的铿锵之声
在亲人的面面相觑中，打破约定俗成的定律
她涨红着脸，向何家提出"上轿两条"，要求
继续上中学、大学的读书愿望
16 岁姑娘的惊世骇俗
触犯了家族的天条，双方的家庭被得罪了
恼怒的陈家不再供她上学
不再给她任何零花钱

她与家人的关系已跌进冰潭，　甚至碎裂

那时
苦闷的陈燮君，在《新青年》上看到
"反对包办婚姻，支持自由恋爱"的文章
如一阵清风，吹醒了她神经绷紧的日子
她一遍遍地揉搓自己的头发和脸
像揉捏一张无辜的报纸
一场已散的盛宴
她以死相抗
封建主义的繁文缛节，却扣押着她

她直言不讳，劝夫君"另娶她人"
她要到外面的世界，寻找自己
在"自由、平等、独立"的道路上
向新思想靠拢

她变卖掉自己的首饰和衣物
把旧日子像火柴盒一样
码放整齐
点燃
一盒盒烧烬
在摧毁及珍惜之间
双手合十

转身，义无反顾奔向广州

在新的日子里
她失去的部分
正渐渐地丰盈
慢慢地溢出，复活芬芳

045

那一条源自信心的江河
经初夏的雨水淘洗，如具有击溃万物的力量
她从珠江水里取出抽象的词汇
昂首阔步奔向中山大学

在这里，她与区梦觉成为好友
与进步人士组成读书会
探讨马克思主义理论，和社会问题……
将党的誓言，高高举过头顶
唤醒沉睡中的人们

一粒红色的汉字，从字典涌出
羽化成种子
她将陈燮君的名字改为陈铁军
这个新鲜的名字，与"旧我"决裂

折射出如灯，如星的光耀
藏着为国捐躯的誓言

站在自己主导的命运里
陈铁军做出了
最精心的谋划及思考

046

她被一条道路领跑
往荒野求生
那里，是一个巨大的消音器
风暴似乎在四野止息

她手持标语，像
一些人举起高挑的灯笼
在时间里，搭建天外天
呼吁一道红色的闪电

经过三岔路口时
寒风像子弹
洞穿了顽固势力的念想
陈铁军走过的
每一条革命道路，民族解放的路口

都是她拯救人民，拯救民族的步伐
充满信仰和坚强

有时候，她像一只猎豹
不知疲倦地奔跑
头顶的太阳，像发烫的
枪眼，里面装着她的雄心

她一腔热血，她要永远跟党走
去寻找打开命运之锁的钥匙
把一切献给光荣的事业，希望的曙光

试问清风何时来到，木棉迸射的色彩
晕染岭南，被风反复抽打和淘洗的大地
发出铁器被捶打的铿锵之声

047

远处的暴风雨，滚滚而来
不停地拍打着珠江两岸
快睡着的石头
暗中较量
以日日新鲜的呼喊
提醒着长堤

沙面，这陈旧的一切

一朵悬于枝头的叶
如一把虚拟的剑
闪耀着白光
透露出冷艳
它压在万物的额头
直到对面的教堂钟声响起
才露出它全部的破绽

或许只有探入危险的核心
才能听见空寂中的
清脆回响

048

寒冷，封锁着羊城的暗哨
风伸出冰凉的手指
拉扯着醉酒的招牌
行人的衣襟

这里是社会矛盾的
交叉口，是政治思想斗争的
风口浪尖

是电光与火石的交汇处
在一片激荡的裂隙中
所有的事物都披挂盔甲

一盏小油灯在暗处点亮
在革命的策源地，警惕地
闪烁着微光

049

陈铁军凝视夜空，思潮起伏
料峭的风，扑面而来
中共党员谭天度，站在白云山
站在思想觉悟的高处
像一枚指南针

清醒的口号
被一缕丝线牵引
兴奋地扩展先锋的埋伏圈

在恰当的时候，他
给陈铁军指明了正确的方向
一些《新青年》《向导》和冲锋在前的
进步刊物，都是老师谭天度

赠予陈铁军的"营养快线"

一盏明灯变换了她的角度
一些词语开阔眼界
急速地，扩大了她活跃的面积

面对敌人难以阻挡的肆虐
奔跑的阳光
是她觉醒的动力
她频频在报刊发表进步文章
喃喃细语，说着
世界革命与民族革命之关系

此时，唯有苍苍月色
在新闻纸上摆渡
将黑色的文字变成刀光剑影
在信念中拔地而起
让自己变成发光体
将真心交给了党的事业

有一天，流水打破了沙面的幽静
在谭天度的极力引荐下
她认识了妇女运动领导蔡畅和邓颖超

站在革命导师的肩膀上
训练一次比一次严格
她听到时代急促的敲门声
挥舞的镰刀，万物的信息
让她更加坚定不移
追随中国共产党的前进步伐

被流水惊醒的新一天，终于来临
激起的涟漪
在一朵浪花上
扩散出无限的遐想
奔跑成一条大河波浪宽的姿势

050

从此，人间书导航着
苍鹰去巡视山河

陈铁军敞开了心扉
她的精神旅行，插满红色旗帜
思想的力量转化成
一簇簇火焰，在跳动
跳动着时代喧哗
也许是另一种安静

已慢慢接近精神境界的空与明

她青春的梦
一遍又一遍清洗黑白
世间明媚
陈铁军看到的一切
皆有明灯照耀着她前行

051

1926 年 5 月，陈铁军
在区梦觉的力荐下
光荣加入了中国共产党

一个缀满星光的梦，终于实现了
就像她抛出的铁和石子
在暗潮涌动的珠江荡漾，跳跃

她坚定的目光
呼应着
人在尘世的疑虑与不安

带刺的心事，炽热的苦楚
隐藏着共产党人的精神底色

从此，热血从这里启程
一个新生的力量
在晨曦中与珠江一起沸腾

052

浓稠的往事
像冷风咬断了的脐带

江面上。寒风
喊出撕裂的疼痛
星空生成巨大的创口
有人
用它的缺损收存万物的心声

这时，珠江口
反动派在此聚集肆虐
制造邪恶的"中山舰事件"
和"整理党务案"
驶来，暗黑的物质在蔓延
逆风的交通路线，危机四伏

053

光影中，虚掩的暗门

收纳着
一个王朝尾声的秋意

陈铁军带领革命学生
冲出重围
在珠江堤坝上秘密磨刀
与反革命较量

"士的党"撩拨挑衅
无事生非的噪声
如一群麻雀
一眼被身后的猎人识破

054

远处
陈铁军露出愤怒的目光
她给自己的灵魂披上戎装
箭一般，冲上前方的讲台
勇敢地，戳穿他们龌龊的阴谋
言语的匕首，慷慨激昂
刺痛了敌人腐朽的怒吼

陈铁军，携带着爱恨情仇
潜入敌人贪婪荒谬的小径

一步一声啸吟
却不幸，受到敌人的轮番毒打

一股鲜血
披挂在南国沉重的枝头
像一个朝代挂满了乌云

蚀骨之痛
让羊城的平静
一块一块地解体

055

然而
多少敌人的暴行、险恶
却无法让她退缩半步

在佛山，在广州
她将同心同德的姐妹召集起来
宣扬真理，传播马列主义
燃烧的星星之火
以燎原之势，披荆斩棘

途中，那些献计的秋风

用红歌与她耳语
从口腔里跳出来的，串串词根
像听见绝美的风铃

056

阳光的暗号，穿越云层
穿越修长的省佛通衢
无数支光阴的箭，落入珠水
落入这片中箭的土地

这时候，陈铁军躲在一边
观察珠水的浪高风急
她知道命运的远方
总有一条河流，怀揣着悲欣

她走在泥泞的道路上
风，在码头的树上交头接耳
喧哗的河流，似乎给了陈铁军暗示
她预感到大事即将到来

远处，淋过雨的青石板全身透亮
像在等待一个人
隐约听见风的召唤

心神不宁的表情
催促着她快速归来

在佛山老家
陈铁军紧握着拳
却感觉自己像困在局部里
那些深邃的命题
大大的，悬挂在她的头颅之上
她的脚步如一头慢行的驴
在故乡的小路缓缓地，追赶太阳

她多想生命中的每一抹光
能聚拢，让青春举起火焰的诗句
共同点燃暮色的天空
她与妹妹促膝谈心，引导亲妹妹一起
踏上神秘而艰辛的征途

妹妹陈燮儿，举着从姐姐手中
传递而来的火把，感觉温暖如春
她要将名字改为"陈铁儿"
让铁的信仰，从心中升腾

从此，一对革命姐妹花
抒发着金属的豪情

满怀热爱，各守其位
以"铁"之名，"铁"的意志
将革命之路路打造得通明透亮

057

那年，秋风再次围剿羊城
压弯了生命的枝头
一个反抗的真相，挣扎着
逼迫花蕊绽放

陈铁军、陈铁儿
像一对叛逆的孩子
对陈家人的规劝，置若罔闻
她们手牵着手，信念坚定地
投身到革命的大潮中去

一路上，风餐露宿，饥寒交迫
一身烈焰的情愫
收敛着她们，一程又一程苦难的叹息

此时，善良的三哥三嫂
看在眼里，疼在心头
从干瘪的口袋里，掏出

变卖首饰换取来的银两
亲自交到铁军手上
这份来自家人，白花花的嘱托
给姐妹的前程壮了无数的胆识

058

走过一片泥泞之地，姐妹从风里赶出刀片
那漫天的黑，置换了人间的白
她俩铿锵的脚印
在月色中，不再追问归期

此时，山坡已隐去陡峭
一场无声的戏剧
剖开革命洪流的肌肤
民族前途未卜的大风歌
正在喉咙里翻滚
一个来自古镇的词语
正为一朵风云续篇造句

059

有风路过，铁军拍拍身上的灰尘
她要将更多的妇女同胞团结起来

她手持爱国书本
不停复读妇女运动的发展趋势
就像一场思维隐埋的运算

多少哽咽的沙粒，在这截想象中
提前研磨，获得新生

从外部聘请的学者
满怀赤子之心
一夜讲完光芒无限的故事
将政治觉悟
晾晒出阳光的高度

一种未被完成的夙愿
悬浮在历史波澜壮阔的忧患中
盛放的木棉，打开了鸟儿的胸腔
唤醒一江珠水两岸的春潮

一滴水，从跌宕起伏的浪花里
伸出了头
晚霞落到上面，仿佛真理的内部
重新点燃

把傍晚的灯光，叮叮咚咚

钉满天空
闪烁的星火
指认着不断变幻的未来

060

那时，中山大学
笼罩着迷雾
雕琢过的黄腊石，立在高处
风化了细节
蚀刻的文字，像在呼喊，狂奔
仿佛有雷霆掠过

时局不断变化，风声骤起
那些积重难返的词
势同夺命的浓烟
一阵阵涂抹着陈铁军
仿佛将她悬在高温的烧烤架上
灼烤
窒息一步步逼近

那一刻，陈铁军的脊梁，汗涔涔
像镀满了青铜
她的心里，正义的骏马在奔腾

革命者的身影，越来越高大雄健
那是一个火红的国度

急促的脚步，走过一堵红砖巷的尽头
往左转去
门前，丛竹残翠
支部委员陈铁军，如一股飓风
正在为校内的妇女工作，摇旗呐喊
稠密的语言，迸发出青春的节奏

"妇女运动人员训练所"
藏着云朵的眼睛
悲悯的泪，以隐约的方式
为各地的妇女运动干部
托起梦想中的星辰大海

暮色渐渐低下，时光轻轻
拍打着海岸
此时海水闭上了眼睛

我想象铁军精神交给了白云
像大海里的贝壳
完成了一次盛大的旅行
或者上演最为惊心的告别

061

从此，历史的长空
有了一抹闪亮，耀眼的光
幻化成红色印记
那藏不住的眼泪
扑通扑通，敲打着大地

路旁，木棉树上落满霞彩
一株株花，正绽放得热烈而笃定
红色的火苗，溯珠江而上
为羊城的天空
装点热烈

062

1927 年，月色收拢了烟火
风，用一夜的肆虐
将大地吹得零落而飘摇

屠刀被设置成封面
蒋介石制造的"四一二"大屠杀
让整座城市沦为血腥的场面

万千将士的鲜血染红了黄浦江
在这个兵荒马乱的时刻
暴虐摧毁着大地
越来越暗的天空
正蓄谋一场铺天盖地的疯狂

063

乌云低飞。众鸟彷徨
天空没有提前发布预警
倏然，白色的风从沪上吹来
漫过羊城，与珠水不停厮杀
张牙舞爪的风
让广州天昏地暗，一片狼藉

那时，一个胚胎的声波消失了
从邓颖超的血液中悄然滑落
洁白的床单留下斑斑血渍
经受生育难产的邓大姐
像将整片秋凉摁入心脏
她躺在广州柔济医院的病床上
撕裂般的疼痛让她晕厥
脸色干涸如柴

长夜漫漫，她咀嚼着一个女人的忧愁
慢慢咽下，这人间的疾苦
她独自修炼

失去幼小生命的痛，渗透在骨子里
遮遮掩掩的秘密，藏在时间的密室里
渴望有一份关爱与温暖，从天而降
而窗外，民国的夜色却始终摇摇晃晃

过往的初衷，有些是对自身要求
如月色，向大地轻轻讲述苦难，洒照荒野
却被路过的风儿，偷偷传播

花朵晃动。远处，敌人死鱼似的眼帘
微微眨动，幻想着
一摊渗出铁锈的殷红

微弱的反光，难以看清一切
但消息却很快地传到反动派的耳膜
狡猾的反动军警
在罪恶的火堆里，添油加醋
试图将偌大的空间化为灰烬
他们包围医院，搜查革命的火种

黑影在移动
哀伤随着暮色降临
就在紧急的一瞬间
陈铁军看到了救命的大树

她急中生智，迅速攀上大树
越过危墙，悄悄地潜进房间
乔装打扮成贵妇，将沈卓清化装成佣人
在医生及护士掩护下，从特务喑哑的集结里
救出虚弱的邓颖超

这个陈铁军，如一粒有温度的词
总是恰当其时，努力到来
面对微弱的火苗，说出一句句燃烧的话语
跌宕起伏的情节，被冷风修辞

她们从医院抵达码头
刺鼻的硝烟压着马车的辙韵
一路到达渡口，刚踏上船
船尾，机器轰鸣的声音响起
似乎整条江都在向敌人怒吼

陈铁军小心翼翼挽扶着邓颖超
登上开往香港的船只

告别的背影，渐渐远去

往事在一串脚印里，淹没
一颗惊魂未定的心
漏进了一缕清风，起程向远
陈铁军喘了口气，转身
走入茫茫夜色之中……

064

晨光在江面奔跑
一只白鹭衔来时间的捷报
抵达安全港湾的邓颖超
站在玉兰树下
神思通往危机四伏的南方

陈铁军，从风声的留言中
找到隐秘的联络点
一条清晰的线路
被光推远
这个踽踽独行的女子
风里来雨里去，找寻
光明的未来

她骨子里的果敢与善良
较量着
一场场阴谋与暗算
她将悲伤隐藏得更加深沉

065

9 月的天空，硝烟弥漫
到处都是残垣断壁
风将地面的黄叶吹起
又从头顶抛下来
趔趔趄趄地前行了几步

翻转的叶子像被吹皱的人影
丧失了变迁的能力
革命队伍遭到反动派的破坏
前行、后退。跌撞中
渐渐失去了对组织的联系

一声叹息，慌慌张张
陈铁军不时转移，更换地址
被迫过着东藏西躲的生活

066

时间的鳞片，划过喘息
在风起云涌的年代
呼啸声一步深，一步浅地搜寻
民族大义，思想的延伸

在巷口。陈铁军转身而走
她将所有的心事交给清风

一双布满血丝的眼睛涌出晶莹
风雨暗藏，那是对美好的渴望
沿着秘密的小路跋涉，历尽艰难
她终于找到了党的组织
如扑上光的源头，温暖拥抱

067

在党的光辉庇佑下
她还没来得及，去作更多深入的叙述
便接到了新的命令

受中共广东省委的派遣
陈铁军与时任广州市委工委书记周文雍
假扮夫妻身份，避开众人耳目

从香港，起伏跌宕的水路
偷偷潜回危机四伏的羊城
在阔大的寂静里
广州好像什么都没有发生

068

陈铁军与周文雍一起
散发起义的风声
印刷水深火热的形势
试图快马加鞭
叫醒一些沉睡的种子

仰望头顶三尺三的太阳
是什么在吸引着他们
超越对生死的畏惧

隐藏在事件背后的
武器弹药
等着时机送入枪膛
长长的枪管
秘密为"工人赤卫队"站岗

泥泞不堪的道路上
汗水一字排开

在他俩的额头
正提炼着一场狂风暴雨

069

一个个革命活动
链接着陈铁军与周文雍
他们将天边的一抹潮红
放进彼此的章节
填入至浪漫的笔画里

密切的交流
生死与共的信念
在美妙的情感叠织中轻吟

这份高洁纯真的爱
就像木棉树冒出云的茸芽
在彼此年轻的心底，生根开花
爱情纤细的神经
绵延出对未来同步呼吸的渴望

070

11月，像火柴一样燃烧
一枚残阳

别在羊城的额头
寒流蛰伏在凋零的树枝上
天地间，像苦难的废墟
找不到一抹静谧

狼烟滚滚
到处是瘦骨嶙峋的诘问
革命斗士，一面接收着忧伤
一面召集大批工人

冲出险恶，示威游行
他们要用自己手里的青铜
去肢解敌人的阴谋
拆除霸权的残暴

浩浩荡荡的
广州工人大罢工，爆发了
如一场雨，追赶着另一场雨

071

顺应省市的智慧指向
周文雍率领
被反动派驱逐的2000多名铁路工人

和裁撤的 500 粒火种
闯入汪精卫公馆，试图讨回公道

这些软弱无力的双手
变成强有力的拳头
他们燃起斗志
高喊"打倒新军阀"的口号

此时，汪精卫的右派嘴脸
在夜色中碎了一地……

时间识破了汪精卫的诡计
他咆哮着，全身像着了火似的
调集大批军警围堵，擒拿工人

在东皋大道口
滚动的车轮轧过暗黑的马路
一个身影，正在指挥群众撤离
反动军警从一张愤懑的表情里
认出了周文雍
丧心病狂的敌人
对着他拳打脚踢……

激烈的较量

寡不敌众的周文雍
与三十多名未能及时撤退的工人
不幸被捕
他们用跌跌撞撞的脚步
丈量这块流血的土地

这时候，珠江
像一道止不住血的伤口……

072

一群狼狗
在监狱里，撕咬着黎明
生锈的牢房
被昏暗的灯光强打着精神

时间越来越沉重
像要压塌革命者的腰身
这位叫周文雍的兄弟
忍受皮肉之苦
在铁屋唱的秋风所破歌里
冷得直打哆嗦

他眼眶溢出凛冽，被反复

交织的皮鞭，抽打出剧痛
却难以飞越黑暗的边界

此时，墙外埋伏的风险
像把锤子
敲击着敌人虚胖的妄想

073

受尽酷刑的他
皮开肉绽，如一棵干枯的树
坚硬的枝干上
却挂满了革命者的气魄

壮胆，也许只需一碗石湾米酒
加热一腔血
也许只需要一个信念

昏厥的周文雍，如一个影子
似有风，推开九死一生的窗户
他的灵魂行走在阳光的路上

他在清晨中苏醒，每移动一步
都能踩出魂魄的喊叫

踩出命运之路的深浅

一滴血，从脚甲流出
那是一些撕心裂肺的暗伤

面对敌人机关枪式的发问
他如铅般缄默
疼痛已化作坚毅的词
在一堵雪白的墙壁上
他写下了，为革命献身的
铮铮誓言

074

这个暗无天日的地方
周文雍颤抖的声音
被敌人劫持
那些伤痕，像一条皮带
被悲伤抱住
狠狠扎在冬天的腰上

在广州。有掌灯人
用光引线穿针，用一双翅膀
把温暖护送入牢房

075

为了营救受伤的周文雍
陈铁军伪装成医生
穿上一身干净整洁的白大褂
她头顶白帽子
脸上挂着温和的笑容
用心慢慢去靠近周文雍

此时，风牵着树叶的手
发出慈悲的问候
陈铁军低着头，走在
越来越浓的影子里，她担心
只要放慢脚步，就会
被身后那一束逐渐暗下去的光
追赶上，吞噬掉……

076

风再度打草惊蛇
树叶咣一声落在地下
或，又咣一声落地石头上
陈铁军走过被荒草覆盖的羊肠小道
突然，一只蚱蜢

在路边的草丛，上窜下跳
她朝四周打量了一下

树影、虫鸣与夜风
似乎让她明白了什么
仰头所见，人世寂寥
不禁悲从中来

她决定沿路返回
改扮成周文雍的新婚妻子
重新去虎穴，一探究竟
或许，到那洞穴
能救出阳光和星星

077

她把自己装扮成
命运多舛，楚楚可怜的阔太太
走在爱恨交织的路上
脚下扬起的灰尘，与面目可憎的敌人
似在同流合污
都龇牙咧嘴地扑上来

在某个拐弯处

陡然突现的一堵灰墙
陈铁军仰起脸，顿悟
那是关押周文雍的地方

她仿佛摸到了难言之隐
内心的痛苦和不安，在眼里打转
一会儿，泪水就蓄满了眼眶

078

她见到了狱长
这个凶狠狡猾的男人
露出贼头贼脑的豺狐之心
他目光一寸一寸地
在陈铁军身上行走
直勾勾的眼神
让陈铁军直打哆嗦

她一把眼泪，一把鼻涕诉说
自己的新婚丈夫
被误抓进狱的无辜
她请求狱长
将刚烧制好的湖南家乡菜
送给她的丈夫尝一尝

或许，是她痴情诉说的
鲜活场景，足够打动人
肥头大耳的狱长
看着柔弱可怜，如
小羊羔的女人的恳请
忽然感动，心生慈悲
一种善念，让他网开一面

079

陈铁军
匆忙抖落短暂的泪珠
快步穿过筒子楼
借助一盏昏黄路灯
继续向陡峭的方向走去

站岗的监狱员
露出贪婪诡异的嘴脸
急忙拦住了她
示意陈铁军留下"买路钱"
陈铁军转过头，从包内取出银元
豪气地塞给他。白白的银光
射进他缝隙一般的小眼
他的眼睑，轻轻地闭上

080

陈铁军拎着手中的饭菜
走进狭窄的牢房
在那逼仄的过道里
昏暗的灯光掩盖着冷寂
一些杂乱
给屋内漆上明晃晃的忧愁
黑暗处，一些微弱的声音
抵达她的耳膜

陈铁军顺着声音
迈过斑驳的门槛
躬身狱中
捧出酸甜苦辣
和五味杂陈的心情

081

此刻，衣衫不整的周文雍
匍匐在角落
裸露出一张憔悴的脸
昏暗，为他铺下一层薄薄的
孤独，又窄又长

陈铁军走了过来
见到周文雍惨兮兮的轮廓
她的心顿时被撕扯成不同的形状
一阵抖动，那些无法逃避的疼痛
瞬间如层林尽染，不由自主流血

她怔怔地，很久回不过神来
沙哑的声音，附着周文雍的耳朵
叮嘱他要尽快吃完，这一碗辣饭
并告诉他
在不起眼之处，组织
正在制造营救他的回形针
命运拐弯的筹码就在辣椒里

此刻，两颗重叠交织的目光
像两团依偎的火，织成心的手帕
轻轻擦拭周文雍额上的汗珠
陈铁军从心里
揪出一句句温馨的话语
黑暗深处，时光悄悄隐去
周文雍的眼神慢慢清澈起来
他看到了零碎的星光
正抱紧他们

一生进步和眷恋的事业

他点点头，端起碗
大口大口地嚼烂
生姜及辣椒煎炒的计谋
像在吞下一团革命火苗
他多么渴望
这一团火苗能将黑暗照亮

082

强劲的辣椒素刺激着周文雍
他满脸通红。汗水
细而密往下流淌
密集的汗雨
像冲锋枪弹匣里压进的子弹
一粒一粒，把他的眼泪射出来

那受过刑，负过伤的身体
伴随着高烧，疯狂脱轨
疼痛，呼呼啦啦喊着
针尖般，戳破他的心底
周文雍，仿佛随时要毙命似的

083

一场浩荡袭来
风雨中，陈铁军再次探监
当她见到周文雍
湿漉漉的病体
故意扯高嗓子，大声惊呼：
"不得了啦，不得了啦，周文雍有伤寒病啦"

一旁，早已被疏通好的狱医
心领神会地给周文雍
出具了"伤寒症"诊断书

"伤寒传染病"的证据
一个，传一个
一会儿就传遍了每个角落
那些等待命运的狱友们
如受吓的鸟儿，惊慌失措
他们害怕祸及、传染自己
纷纷要求将周文雍送外就医

084

时间越来越慌张

骨质疏松的反动派
机关算尽
靠着阴谋续命的他们
满脑子坏水，歪术却贫瘠而陈旧

为防止周文雍出逃
他们在医院大门口特设警哨
像秃鹫似的日夜监视

然而，视野局限的他们
习惯用一个例证
去印证它的走向
但事情的结果
往往偏离了轨道

或是百密一疏，有一漏
又或是上苍善意的恩典
经过周详计划的地下党员
仿佛念叨着一曲咒语
出其不意地击溃了，敌人的防守
从魔鬼手上，顺利
将周文雍营救回家

085

躲开阴谋的刀刃
从寒光中挣扎，归来

陈铁军一路跟随着周文雍
看着浑身伤口的周文雍
她回忆起从事秘密工作的点滴
激动的泪水
哭出过往岁月的辛酸

灰砖黑瓦内
她像妻子一样，朝夕相伴
悉心照顾周文雍
敷药、端水、洗衣、做饭
释放爱的热情及能量

灶膛里的火，陈铁军用精准的火候
制成一个个魔方
安放在周文雍的胃壁
在药理、药疗
及她的温柔呵护下
周文雍细嚼着
过去太多不能咬碎的日子

万物归心，一双巧手
交出明媚辽阔的时光
很快，周文雍恢复了元气
妙手回春的佳话
让陈铁军满脸绯红

那时，他们端坐在小屋里
浓浓的爱意
早已跨越千山万水

086

一位外表俊朗，身材高大
领导力出色的
上进青年
横溢的才华，坚定的信仰
这些优秀的品质，像磁铁一样
深深吸引着陈铁军

而鼻梁高挺，眉清目秀
聪慧干练的陈铁军
也令优秀的他，无限钟情
他们就是陈铁军与周文雍

两颗思念的心，在无数个夜晚
在梦里，一遍遍缠绕
在他们内心世界里
都有一个缺口，这个爱的缺口
只能让彼此来填平

他们将深情的话儿，隐藏在心上
爱如潮水
一次又一次推着彼此名字上岸
又一次又一次退回
颤动的涟漪
不断加深了相思的皱纹

087

一阵风，裹着红色的背影
朝着信仰的天空，盘旋
一只青鸟穿越时间
将起起伏伏的心事
收藏在夜色深处
爱的种子，埋在深深的心底
开在心中的那朵玫瑰
仿佛一个太阳在心里放射，散发着无限的热量

为了革命的工作
陈铁军与周文雍如青鸟一样
手握一种向往，张开无形的翅膀
飞翔在自由的天空

他们的心
因为有了甜蜜的寄存
像一朵花，盛放着阳光的气息
花蕊上挂满的蜜
似乎托起整个春天，在飞舞

088

一声划破天际的呐喊
立在那嘈杂的视线里
远处，陈铁军，正卷起衣袖
在一个抽象的顿悟中
唤醒了掩埋的悲欣，深深浅浅的足印
让她不得不抛开儿女情长
去打开辽阔的心底
找寻一些有重量的句子
将思念装订成红色的
美好场景

她多么希望
反革命的风暴能早点泯灭
在岌岌可危的峭壁边缘
挺进一个向上攀登的念想

她多么希望
天下民众，背起弓箭和长矛
拿起青铜的号角
如勇士般的冲锋陷阵

一个日子
在词语和词语之间缓慢移动
爱情站在风口，携起的秘密
在一个有阳光的地方，穿行

广州起义的计划
就在陈铁军及周文雍的旋律中
紧锣密鼓
他们用红色激昂的咏调
记录一座城的明亮
和平与安定

089

1927 年 11 月 28 日
阴冷刻薄的寒风
带着凛冽，举起夺命的屠刀
羊城，哭声裂地
反动分子残酷的大戏
正在上演，火光冲天
照出时间血腥的原罪
有人，试着在水中作法
翻起的涟漪，深不可测
像珠江水从寒风中
被松绑出来

090

这是一个激动的开头
这是一个不可重来的时辰
有一场庄严的仪式，正准备开始

中共广东省委正式宣布
发动"广州起义"
顿时，排山倒海的脚步声
汇成强劲的一股风鸣

纷纷去追逐，远方的星斗

091

省委书记，张太雷
在天台观望夜空
楼顶上，星河璀璨
在他立足的最高之点
周文雍像是一束奇异的光芒
将他的视线所吸引

张太雷摸摸脑门
一个智慧的战略方案，出现在他的思维指引中
于是，他委派冷静的周文雍
负责起草"起义政纲"和"口号"
及担任工人赤卫队总指挥
他要将周文雍的青春，打成一副铠甲

接到指示后的周文雍，反复思索
构思另一个自己，征战沙场
他将赤卫队整编成七个联队
让徐向前、沈青等一批军政活跃分子
担任联队长或大队政治指导员
将3000多名工人赤卫队

隐藏在生动的词汇里

他们秘密进行严格的军事训练
组织郊区农民参加起义
厚实的鬃毛与沉重马蹄声
成了团结奋勇的原貌与底色
他们雄赳赳的步伐，带着一条江的秘密出发

092

一盏灯，提着夜色
一粒灯火，闪闪烁烁
它们彼此交换着
比夜色更深的
秘密
打通的信使路径
喊出了
烽火的声音

此时的陈铁军
像一枚钉子
钉在苍茫的旷野里
那些复杂的情节
仿佛触手可及

又仿佛遥不可及

093

历史的屈辱
藏在危机四伏的天空
一只手臂
要将漫天风沙
一步步逼入绝境

12 月 11 日凌晨 3：30 分
仿佛有人在高山的骨头上，磨起刀来
嚓嚓的声音，从远处传来
第四军教导团在叶剑英的指挥下
迅速拉开，羊城战斗的序幕
一匹匹愿望的快马，飞奔
排成一个个前进的方阵

为了区分敌我
起义军脖颈或手腕
都系着一根红布条
那一抹红色标记
是革命者，难以忘记的风景

094

战事，随着三声炮响
三颗耀眼的红色信号弹，腾空而起
6000 余粒火苗
在张太雷、叶挺、叶剑英
周文雍的率领下，骤然升起
满山遍野，红星闪烁

顿时
一千只神鹿从四面走来
一千只捷豹悄然云集
一千种驰骋的声音随风而至
他们举着棍棒、镰刀、斧头、红旗
势如洪水，从那座山奔跑到这座山
增援武器、弹药……

前赴后继的火苗，呼啸而过

东路
教导团主力叶挺，披挂上阵
他分散出去的每一个兵
都像是一个堡垒
在激烈的搏斗中，击垮了一个步兵团

将驻扎在燕塘的炮兵团荡涤殆尽
缴获一批武器，俘虏 600 余敌军
像农民秋收谷子一样
粒粒归仓

中路，教导团及工人赤卫队
靠着壕堑，不慌不忙
将子弹一颗一颗压进弹匣
他们将攻战反动派据点
及其制高地观音山（今越秀山）

那片隆起的小山丘
植被茂密，荆棘布满
起义军与敌人几番较量
将埋伏在珠江以北的反动军
保安队和警察武装，全部歼灭
成功缴获大炮 20 余门，枪 1000 余支
战鼓声、哀嚎声，喊杀声
如夕阳，在岭南大地涂抹着大面积的红

落日的余晖，一滑而过
它受命存放进一首澄明的诗里
送给英勇无畏的先锋，一个战事胜利的回忆

095

光阴如幻，面对时局的不断变化
一口烧红的铁镬
扣在西边的天幕上
一簇又小又轻的火种
被人们悉心呵护，奔跑的姿势
如春风拂面

那些刀
那些枪
那些嘚嘚马蹄声
以及硝烟里沸腾的青春
都化成一排悲壮的琴弦

那一曲豪迈乐章，响彻羊城
南粤大地，锣鼓喧天
历史迎来了陌生的氛围、气候和秩序

096

1927 年 12 月 11 日，当天上午
敏锐的阳光，扩展了喜悦的距离
"广州苏维埃政府"成员

和"工农兵执行委员会"
隆重举行第一次会议
吹响"广州苏维埃政府"成立的号角

在广州公安局的旧城楼上
几十支用木棉花别着的号子
系在整齐划一的声音上
红色的绸带
第一次以主角的姿势，挥动

周文雍，亲手在红布上写下：
"广州苏维埃政府"七个大字
挂在公安局耀眼的门楼上

此时，张太雷接苏兆征主席指令
代表他"中共中央政治局"常委的身份
庄严宣告"广州苏维埃政府成立"了
雄浑的声音
如载着革命的大船
闯过无数次惊涛骇浪
划出碧波万顷
传递光明的前途

097

工农红军，冒着暴雨狂风
将旗帜插向高地，这是一件多么激动人心的事
为庆祝"苏维埃政府"组织的成立
省委决定 11 日中午
在第一公园前召开庆祝大会，一个比喜悦
　　还喜悦的典礼

时间刚到，群众携着希望
攥紧铁拳，凭借一束火苗的辨识
从四面八方涌向会场

此时，敌军已越过观音山
在吉祥路密谋凶险
企图向新生的"苏维埃政权"反扑
派发一张病危通知

敌军的狼嚎鬼哭，反复嘶吼
催沸了工农红军的热血
也给了他们警觉

为保证人民的安全
会议更改到 12 日中午在西瓜园进行

那时，敌军如蝗虫过境
气势汹汹，试图掠地攻城

在一片生死的对峙中
一位睿智赤子，吐出浩然正气
他眼中有股光焰
一瞬间，他的大脑跳出
破解敌人阴谋的 N 个哈雷波特
这人就是周文雍

他没有半点犹豫
一跃而起，指挥起义军
扬马鞭，挥利剑
投入到你死我活的搏斗中
迂回包围，正面突击

一场激烈的战事
将敌军从吉祥路赶到观音山脚
他们狼狈逃跑的样子
像极了一坨坨牛粪……

炮声拉响警报
起义军成功收复了阵地
咆哮的喉咙深处

有人听到沙哑的希翼

098

12 日中午
工农兵大会，如期在西瓜园举行
会场人山人海，气氛昂扬激越
一支支战斗队伍，在这里吹响了集结号

周文雍与苏维埃政府领导人
齐登主席台
在热烈的掌声中，张太雷发表了演讲
激动的心情，仿佛一片蓝色火苗
在久久跳动

099

广州方言的口语，嵌着勇敢坚毅的符号
他们群情激昂
一边传诵兴奋的消息，一边武装力量

就在这一时刻，广州起义的风声
震惊了
内外的反动势力

英、美、日、法帝国主义
垒起了强食弱肉的屏障
派出罪恶的军舰
腐朽的肉身，去封锁珠江

咄咄逼人的迷雾
掩护着反动军队渡江
试图共同镇压人民起义
可他们万万想不到
在浓烈的阴影里
有一面旗，高高飘扬
召唤着一阵，又一阵火焰

下午2时
工农兵群众大会顺利结束
张太雷满脸喜悦，走出会场
步履轻松的他
从西瓜园，返回总指挥部途中

突然，"嗖——"的一声
一股寒光窜出
那是敌军的一颗子弹
罪恶地，飞向张太雷
毫无防备、手无寸铁的他

来不及躲闪，不幸中弹
年轻的生命
永远定格在 29 岁

壮士已去，寒风悲戚
万人垂首悲相送
天空，瞬间阴云密布
笼罩着未酬的壮志
将一颗义气孤胆
书写成一页光辉的序言

100

反动派追剿的脚步声
渐渐走近
大地刮起一阵腥风
为了夺取广东地盘
狡猾的他们打开心虚的地图

将一把稳操胜券的屠刀
拴在南粤大地的脖子上
他们大量增兵
释放强硬的企图
从水陆两处

将起义军疯狂逼进死胡同

101

在这紧急关头
周文雍，带领一支赤卫队
与敌人短兵相接
誓死保卫"苏维埃政府"的心脏
涅槃的勇气，唤醒黑暗的世界

陈铁军，淡定从容
值守在秘密机关里
在一阵恐怖的嘶叫声里
临危不惧，化解一切险阻

她体内积蓄的大火
将黑暗烧得发红
她固守要地
打字、摞叠、搬运
将一批批的秘密，安全转移

那些无法带走的机要文件
点火，焚烧
火光嘶嘶的声响

像是给幸运的一瞬间鼓掌

一摞摞红头文件
如崛起的一座山丘
有些隐蔽的词语，棱角尖锐
它用万钧之力
给了敌人致命一击

102

图片里的陈铁军，后背
被一层层汗水浸透
衣服析出白茫茫的盐粒
腌制着
心中积攒已久的醒世理想

夜色深处
站着一位思想的摆渡者
她在为另一位"吹哨人"
悄悄地站岗放哨

她的日子，只有
奔走的红色词汇
它们，倔强地站成一排

在相对的视线里
高昂起来的头
高出山峰许多

103

窗外，有风掠过
汹涌的波涛，扰得人心潮起伏
这场抵抗反动派的武装起义
是对他们屠杀政策的有力反击

将士们冒着枪林弹雨
一次次向着心中的家园出发
与敌人血战三天三夜
终因寡不敌众，起义失败
光芒穿过沧桑，不得不搁浅

那些参与起义的将领
和战斗保留下来的力量
奔向辽远，是一笔宝贵财富
更是革命绵延的火种

104

此刻，我站在红花岗
广州起义的枪声，响彻云霄

就像夜空的一道闪电

有人，从鲜花请出颂词
连同花篮
表达对革命者的深切缅怀

在万物枯荣的时间里
志士生命中的，一次光荣旅行
拿起和放下
都是同样的悲壮

105

1928 年，时间瑟瑟发抖
广州起义失败
无数碎片，走失的黑夜
让革命工作陷入瘫痪

为重振旗鼓
周文雍接过党交给自己的新任务
走过野花盛开的山冈
在崎岖不平的山路上，寻找答案
摇起信心的旗号

他继续与陈铁军
扮演夫妻，跋山涉水
开展地下工作
在斜风细雨中
发出一个个时间的质问

他们建立起秘密联络点
设置广州安乐坊哨卡
把恐怖的隧洞
死死扼住
像用黑布蒙住了敌人
狡黠的眼睛

106

为了寻找断线的风筝
陈铁军和周文雍化装成工人
在玉华坊参加党的秘密会议

消息被反革命分子窃取
反动派的头目
叼着得意洋洋的雪茄
幻想智擒革命者的美梦

然而，异想天开的
反动传单还没来得及散发
立即被陈铁军一眼识破

狡猾敌人，白白扑了个空
他们沮丧的表情
压垮了一个阴谋的天平

107

火苗，卓越地闪烁
像是世事洞察的聆听
革命者用目光追随，事件的回响
千方百计，寻找新的线索

那块烧红的铁
火星四溅，血脉贲张
她要从黑暗中
敲打出一个黎明
用月光的密码
撬开敌人的密室
将所有的诡计全部烧毁
刷新明天的太阳

两粒人影，一个在前面走

一个在后面跟着
阳光般的个子，是那么的高大

这一夜
他们与满天繁星，推心置腹
用红色机密，记录
不畏险阻与敌人斗争的决心

108

往事历历在目
耳边的鸟鸣
提醒着横穿马路的人

一股神秘的力量
步履蹒跚，透过一缕阳光
行动。小心翼翼地接头
总让我觉得隐隐有些担忧

陈铁军，从隐蔽战线
掏出暗号
释放出低频的呼叫
用生命的实词，紧紧保护组织
还有过去的思念

在那个患有暗疾的时刻
在一道道的伤痕中
抢救着我们的半壁江山……

第 五 辑

木棉花开的声音

109

南粤大地的春风
又一季吹来，轻轻吹起了口哨
暖暖的阳光给大地加温
木棉花沐着春光，又一季绽放
羊城的街头，突然有了
春天的微笑
春的序曲拉开了

陈铁军知道，自己阻挡不了
废墟的产生
但她总想找到一个窗口
投射一道光
让刺眼的词语发出光芒

她看着周文雍
双目交汇的那一刹
她明白必须协助他完成使命
用她温暖而热烈的双手

她将咀嚼后的觉醒言辞
抛向苍茫大地
秘密组织枝头上的"春季骚动"

马路上，街道口
陈铁军用一双脚，一张嘴
将来来往往的人拉近，推远
将革命的传单
从清晨送到黄昏

她驮着革命的火种
用一轮明月修砌羊城
用一点汗水丈量珠江
纸上一闪一闪燃起的火星
足以抵抗
季节的幽深和她的孤独

或是阳光留下了定位器
她冒着被反动派察觉的风险
从广州回到佛山
回到久别的善庆坊6号
这里离梦想很近

一个个温暖的颗粒围绕着她
她看见一束光
撞到木棉树的枝叶上
像一摊水银

在她的眼前摇曳
她躲进了木棉花的世界
悄悄地开展革命筹款工作

家中的三哥，坐在长椅上
听陈铁军兴致勃勃地讲述
一匹红色马的足迹

在陈铁军思想的熏陶下
有股力量似乎在敲打着三哥
他幡然醒悟
沉默的革命情怀
又一次被触发

三哥起身，轻轻抖了下衣服
慢慢从口袋里掏出
东拼西凑来的银两
拉起妹妹的手，将一份亲情与信任
郑重地交给她……

窗外，风阵阵吹来
带着铁锈的味道
一种隐埋在三哥心底的愿望
被轻轻唤醒

他的心又一次热起来
他探下身，听见一块金属
被一缕红托举着
他想
是时候要全力支援
妹妹那些隐蔽的事业了……

110

新年的炮竹声，刚刚响过
节日的祝福
还在亲人温暖的问候声中流淌
陈铁军，却因工作的呼唤
匆匆忙忙离开了家乡

她健步走在路上
阳光披着她的双肩
秘密，用一行行脚印填补

她带着哥嫂的嘱托
开心得如一只快乐的小鸟
在林间尽情跳跃

羊城的木棉
已挂起一盏盏春的灯笼
那是它交出的火焰

陈铁军回到广州
像是与木棉达成了默契
在密集的火焰里
投身全新的行动

春寒料峭的日子
不时侵入
季节的紧张与痛感
梦一样的形势和倒春寒一起
陷入苍茫

一种撕裂，在街口来来往往
万物，似乎都在咬紧牙关

此时，残云吞噬着
一道道霞光
一些鸟鸣
偶尔从荣华西街的幽深处
漏进市委秘密机关

阳光眯着眼
一条街道，望不到尽头
珠江在这个春天，越陷越深
红色的激情，旋转着
滞留在一场
短暂的烟火中

沿途，雨水还没有到来
一个叛徒，在日历上疾行
面对敌人的诱逼
口吐反义词
将周文雍、陈铁军的秘密，出卖

这个倒春寒
像一个冷漠的眼神

111

春夜，天空一片躁动
草叶上的泪水
挂在革命者的眼睑上
风吹来的冰冷，如锋利的刀子
割裂了往事的点滴

反动派犹如一群
被瘟神放纵的蛆虫
趴满肮脏的水渠
突然，听见一块肉的声响
便嗡嗡跪舔了过来

他们穿梭在灰色的边界
把近处、远处的宁静，击碎
有人，在一根电话线上潜伏
偷走秘密

当贪婪的铃声响起
荷枪实弹的特务
火速包围了"中共广州市委"机关
试图摸到那个干燥的开关
打乱暗处涌动的春潮

荣华西街，天色灰蒙蒙
一座旧房子，开始冒出冷汗
风暗藏杀机，越吹越寒
反动派正在磨拳擦掌
上演，一次盛大的清场

112

突然，门外响起
急促的脚步声，惊醒了
正在家里写材料的
陈铁军，瞬间为之一震
预感到情况不妙
面对突然的袭击
她的身子晃了一晃
又站稳了，像一根
被攻击的弹簧

伴随着激烈的响动
有个身影，在窗外晃荡
陈铁军定眼一看
原来敌人，已一步步逼近

暮色阴沉沉地走过来

时间悲悲戚戚
难言的忧郁
被一阵压抑的冷风覆盖
陈铁军起伏不定的心跳
浮在幽暗的空间里

这时，她猛地发现
自己已被拷进了黑名单内
心里愤懑的情绪
简直就像打翻了五味瓶
甜酸苦辣咸俱全

为帮助妹妹快速撤离
她让陈铁儿从楼顶绕进邻居家
躲藏。上演一曲十面埋伏

那些潜伏在旧报纸上的光线
已在热泪中消融
她像是一团没有熄灭的火焰
扎根在沉静的力量里

窗外，黑暗一浪一浪漫过来
陈铁军思前想后，决定独自留下来
快速销毁机密文件
她要让反动派扑空，目睹他们惨惨凄凄的笑话
她是那么的希望，自己永远是
和平梦想的守护者

当一页页备忘录

一个个机要计划
销毁完毕
一阵闪电般的声音
连同所有的草稿
熔成一堆灰
借着眼泪，化成一滴水

此时，珠江
如缠在陈铁军的骨头上
烟波四起，无比愤怒
那匍匐的水呀
即使敌人排山倒海而来
也撼不动一条江的倔强

陈铁军向天，长舒了一口气
她走到阳台，收起花盆
她要给一早外出的周文雍
发出一封紧锁眉头的警报
那些虚拟微弱的声音
借着神的祈祷
向周文雍讲述花盆的秘密

就在千钧一发之际
大批反动警察

像吃了兴奋剂的畜牲
撕咬着时间的牢笼，破门而入

岭南的天空，风起云涌

疯狂的敌人，如饥饿的蛆虫
沿着大地的脉管攀爬
企图吃掉血液的红细胞

他们张开恶魔的力量
将陈铁军死死盯住
摸摸索索，控制了现场
并密谋撒网
张开一个杀气腾腾的
阴谋

敌人，盘算着疯狂
迅速复位了
一个种满暗示的花盆
畸形的心，希望给周文雍造成错觉
这里，没有什么风吹草动
这里，一切安好……

陈铁军，眼睁睁看着

敌人的诡计
咄咄逼人的狼子野心
她内心一阵阴霾，超低空覆盖
悲伤，如翻江倒海
万缕愁绪
承压着她的双肩

此刻，她多么希望
在一场战斗到来之前
一切能峰回路转
外出的周文雍，能收到心灵感应
会旋即改变回家的方向

113

然而，事与愿违
陈铁军发出的暗号
挤过黑色的木门
被风腰斩，零落成泥

一个背诵阳光的身影
正在推门而入
铁军虚构过的样本
不得不重新改写

一泓悲戚
让陈铁军惊慌失色
她的心嘣嘣直跳
难以自控泪水
不停向下流……

面对一场阴谋制造的风雨
她来不及悲伤，也不再相信奇迹
破裂的希望，引出她体内的一团火
骤然间，变成愤怒的狮子
将堆积如山的暴语
抛向恶人，对着敌人横冲直撞
在狭小的空间里
与敌人拼死搏斗……

一声叹息，将夕阳拉长
一抹余晖，从阳台铺开
摇摇晃晃的光线
在轻轻试探着周围的安危

陈铁军拼命靠近阳台
用尽一切力气，将花盆外推
花盆碎了，一声脆响

打破了
荣华西街迷迷糊糊的黄昏

114

此刻
喧嚣的风声
卷裹着音色各异的鸟雀飞奔
似乎有种苍凉凄婉的感觉
弥漫在空中

站在门外的周文雍
听到从门缝挤出来的挣扎
顿时明白了什么
他立刻转身，拔腿就跑……

大批各怀鬼胎的敌人，如苍蝇
蜂拥而至
紧密地把周文雍围住
并将陈铁军从屋内拖了出来
他们手持棍棒，怒目圆瞪
试图刺激周文雍爱的神经

周文雍看到陈铁军

一刹那间
他认出了敌人暴戾的颜容
他们存心虚构的安宁
是那么可恶
如梦魇般恐怖和面目狰狞

周文雍收回目光
屏住呼吸，握紧拳头
压制住身体的战栗
他试图告诫自己
要安静下来，找对策略
破解蓄谋

陈铁军携带着忧伤
却高昂着头，大声
斥责反动派的罪行
从她广府方言里，射出白晃晃的锋芒

反动军警听着，这刺耳的呵斥
如醉酒的马俑，哆哆嗦嗦
怔了一会儿
挤开堆满横肉的脸，咧开大嘴
阴险地说道：
"骂吧，骂吧，我们局长有请"

仇恨的毒素又一次爆发
向外喷射
他们的声声断喝
如鬼狐嚎叫

就这样
可怜的周文雍与陈铁军
在叛徒的出卖下
双双落入敌人的虎口

意料之外的隐痛
在彼此的心里撕扯

时间让他们刚拉近的距离
来不及翻身
就与丢失的自由一同伤感

115

面对敌人的淫威
陈铁军劈头盖脸、厉声指责
炽热的心
掀翻了敌人掩盖罪证的遮羞布
她冲口而出的声音

像一把利器
在敌人耳边
一遍遍削刮龌龊的阴暗

陈铁军将自己悬放在交锋的峭壁
所有的希望和爱
都埋藏在贫瘠的土地
在那个黑暗的时刻
她渴望能顽强地生长，再生长

在敌人严密的枪口下
面对气势汹汹的指令
陈铁军手持一条荆棘
一副"疾风不能折腰"的气魄
她的哭，敌人可以拿走
她的笑，敌人也可以拿走
但她的血性
谁也拿不走，搬不动

在黑夜与黎明交锋的当口
纵有某种对敌人的诅咒，停在脑海
陈铁军仍旧镇定自若
不慌不忙，换上一件衣服
披上围巾

那秋水般灵动的双眸
仔细巡视了一遍屋里屋外

她与周文雍不动声色地
走出房屋
冷静地布局一场较量
革命志士的沉着
瞬间浇灭了敌人虚张的大火

在没有退路的历史穷巷
他们每一次轻微的侧身
都有雷霆之势
总有隐忍前行的视死如归

天空，大朵翻滚的乌云
像一团奔跑的敌群
密密麻麻
突然一块铁，"哗——"的一声
拔出一小面积的嘶鸣
将一束光倒悬在圆形的穹顶

116

在一场暴风雨禁锢的时间里

周文雍与陈铁军
拨出密集的心剑
把把朝向他们，铺开的责骂声
给反动派甩去一记响亮的耳光

焦急的反动派
悄悄伸出了黑手
将欲望打制成，一副沉重的脚镣
残酷地，锁住周文雍未竟之志

这条粗大的铁链，"砰——"的一声
稳稳当当地
锁住一个人，冷沉沉地
无法挣脱

反动势力以恶劣的战术
缝补
漏洞百出的审问和妄想

为防止革命伴侣间的交流
他们将俩人
分隔在独立的小屋，逐一提审
让他们各自成为孤岛，去面对敌人
疯狂肆虐的审讯之风

在那个布满尘埃的魔洞
敌人试图用
他们砸下来的千吨骂词
及卸掉骨头的高声
拧干革命者生命的水份

然而，敌人浅陋的陷阱
无法让革命志士，吞下休止符
他们用血水
画出一个大大的叹号
革命的信仰，高过天空

一场激烈的心理战
代替复述波澜起伏的历程

117

在阴森的监狱
为了从周文雍嘴里
得到情报
敌人
用老虎凳、插手指，严刑拷打
折磨周文雍

用高官、用厚禄，威逼利诱
逼迫周文雍将革命情报
一一说出来

周文雍，却毫不妥协
义正辞严
"你们休想在我嘴里得到一个名字"
气得敌人，七窍生烟
无奈之下
再次严刑拷打……

可怜的周文雍，颤巍巍地
昏死过去
革命活动已搁浅
他的身体，越来越枯竭
似乎一阵风就能将他吹倒

但他，始终坚贞不屈
丝毫没有透露半点信息
在他心里
党的利益高于一切

面对酷刑，周文雍嗤之以鼻
盛怒的敌人，露出怨恨的磨牙

又生一计
强迫周文雍写"自首书"
在一阵陡峭，未被刺破的黑暗里
周文雍毫不犹豫，接过笔
在监狱的墙壁上
淋漓尽致写下
"头可断，肢可折"
"革命精神不可灭"
"壮士头颅为党落"
"好汉身躯为群裂"的革命
不朽
诗篇

心潮漫卷
一个强烈的叹号
从周文雍坎坷的磨难中，脱口而出
他用隐形于骨头的火
点燃红色革命的火药包

心中，沉甸甸的铁镣被粉碎了

一帘弯月
像碎银，轻轻洒满大地

虚胖的反动派
透出几丝失落
他们用酷刑，无力让周文雍低头
用诱惑，也无法让他松口
无计可施时
便决定对周文雍
进行开庭审判，宣判他死刑
逼周文雍就范，以挟裹陈铁军
满足他们狂妄的野心

118

春风，每次远渡重洋
都会带来复活的力量

在这个身陷牢狱的时刻
周文雍一遍遍念想陈铁军
历史的沉重
给苦难串起无形的焰火
翻晒所剩无几的日子
浸在这黑夜的血泪里
他嘶哑的呐喊
有了铁的重量

他与敌人展开，势不两立的斗争
不断地，宣传革命真理
破旧的屋宇
关不住他内心的执着
雄赳赳的胆识，令敌军失语

周文雍视死如归的应答
让敌人彻底看到
共产党人的执着与坚硬

他的一根根骨头
就像一根根的火柴
点燃着革命的真理
他一生炽热的使命

119

在另一间牢房，陈铁军
被敌人囚禁得严严实实
反动派的爪牙，在想
这个柔弱女子是很好对付的
或许稍一用刑
定会大惊失色，乖乖投降

可惜，如意算盘
又一次打错了
陈铁军的内心，紧攥着
一条底线
在关键的节骨眼上
初心不变，无所畏惧

他们残忍地
将陈铁军绑在老虎凳上
勒令她
上身坐正，紧贴靠背
与横凳保持90度位置
并用绳索，缠绕、勒住她的脖子
在小腿下，加上厚厚的砖
苦痛，一层一层暴涨
陈铁军
却用尽力气，将
脊梁，挺直
再挺直

丧心病狂的反动派
将陈铁军折磨得，奄奄一息
多少次，又用冷水将她浇醒
这些癌变的伎俩，人间魔窟

令陈铁军遍体鳞伤
但，仍有一股力量牵引着她
内心红色音符组成的召唤
朝着星辰指引的方向
令她坚定，无畏且从容

120

面对敌人的残酷与冷血
陈铁军，始终保持高纯度的
革命气节
她始终面带微笑，大声说：
"共产党人是不怕死的，怕死的不是共产党"

那一种坚不可摧的精神
像一枚立体的铁针
轻轻插入时间的空隙

借着风儿，收藏起一座火山
心底的岩浆
悄悄地植入木棉，根的深度
绵延的枝头，制造着丹火
制造出东方的风骨和高贵

121

天，越来越黑
万物奋拉着昏昏欲睡的眼皮

陈铁军，却像一盏明灯
执着而专注
她的眼睛里，有扇窗户
透出皎洁的月光
闪现着跌宕起伏的命运

被折磨得死去活来的
陈铁军
忍着剧痛，被拖回了监仓
狱友们，看着她的满身伤痕
纷纷伤心流泪
那一滴滴圆滚滚的泪水
饱含着一言难尽的无奈

这群被命运反复咀嚼过的
身影，正与烈风逆行
生活的外壳
又被时势一一揉碎
深入到牢房的下腹部

隐隐作痛⋯⋯

陈铁军故作轻松地，安慰大家
轻描淡写地说：
"敌人的刑具是纸老虎
对我们共产党员是起不了作用的"

她脸上的表情，像月亮
一块烧红的铁
遮盖了所有嶙峋的伤痕
这个沉重的时刻
她用勉强的笑
自我疗愈着压折的筋骨

122

敌人的罪恶
像山脊斑驳的墙一样，砌得很高
犀利且怪石嶙峋
露出的霉变爪牙
刺伤了珠水，尖锐的疼痛
一些被风留下的证词，空空洞洞
岁月再度失血

恶劣手段
一招不成，敌人又生一招
他们看见陈铁军，如峭壁
无畏风雨，不惧酷刑
便拿出电击刑具来威胁

他们软硬兼施
故意编撰，周文雍在电击鞭打后屈服
并说出了所有共产党员名单的
天大谎言
试图让陈铁军也做个补充完善
并亮出卑鄙的伎俩
若陈铁军从愿
将赠予高官厚禄，提供巨额抚慰
空头支票，像喷过香水

陈铁军冷笑一声
看着敌人的嘴脸
狠狠地，斥责他们的阴谋诡计
并大声告诉他们：
"周文雍不是软骨头，不要再枉费心机了"

这两个历经劫难的
亲密战友

早已肝胆相照
他们不时朝灰暗的天空张望
寻找一轮明月
照亮不断前行的勇气

123

反动派的野心，比蛇蝎还凶狠
他们破旧的粗犷嗓门
无法从陈铁军嘴里
撬出半点情报
进而改用金钱、亲情诱逼的策略
并夸下海口，承诺
只要陈铁军，说出共产党员名单
将送一套大宅子，并签房契
以及用不尽的银元
同时送她回家，与哥嫂团圆

有了强大的利益链为诱饵
敌人自负暴涨，阴魂不散
陈铁军却无视诱惑，继续说
"党就是我的家
全中国的工农兵和漫山遍野的共产党员
是我的兄弟哥嫂，即便蹲在监狱里

我们也与受苦受难的亲人同胞，心连心
我们的祖国山河辽阔"
在陈铁军心底，光明
就是明天的太阳
战士坚硬意志的颂词
面对气势汹汹的围剿
她依然交出一份
令人惊叹的答卷

气急败坏的敌人
被狠狠地碰了一鼻子灰
失望了
他们无法从周文雍和陈铁军身上
得到任何情报
却被两位革命志士骂得狼狈不堪
一个大大的笑话落下了
敌人愤怒了
欲宣判他们死刑
以此警告
所有跋山涉水的革命者

124

这时候，晚风更大了

推着夜色继续深入
像对边界的试探，或较量

虚情假意的堂审，如期开始
长满血腥的审判词
在涂改人的尊严
似乎将最后的某种仪式
也涂改进去

周文雍被强硬拖到审判席
死心不改的反动派
使出最后一次引诱术
说只要坦白交代
就释放他与陈铁军

敌人的滑稽手法
移步换景
却无法动摇周文雍
他依然如高山屹立，不为所动

125

面对难以驯服的崇山峻岭
敌人恼羞成怒，厉声问

"既然你不配合，死到临头，你有什么要求"
此时，周文雍想到知音陈铁军

想起来来往往的
烽火日子
——在他的脑海里闪现

他们为了革命事业
尽管彼此相爱
却一直保持着纯洁的同志关系
此刻，生死诀别
他想将埋在心底里的话
告诉陈铁军
让爱情公布于众

于是，周文雍对着敌人坦然回答
他要与陈铁军照一张合影
在周文雍的心里
陈铁军拥有星辰般的色彩
灵动的气息，给了他春阳似的温暖
他要带上陈铁军，拉开理想的风帆
驶上人生更辽阔的境界

敌人听完周文雍的要求

互相耳语，最后
破天荒同意了他的请求
让摄影师
为历史性的一刻，拍照

寒风，从指缝漏出
一种尘世的苍凉，在眼角
在沉重的暮色里，泛滥

在他俩要抵达的地方
早已被一行哀乐覆盖

126

窗下。陈铁军
得知自己和周文雍被判死刑的消息
显得格外平静
当她了解到周文雍，最后的请求
是想和她照一张合影

顿时，脸上堆满悦色
久违的笑颜从嘴角露出
当听到周文雍唤自己为妻子时
她像打开了春天的心扉

那逆光而来的记忆
抖动着青春的羽毛
一个人被喜悦笼罩着

陈铁军陶醉了

她多么渴望，借一阵风
将她的心思
快速邮寄给心中的所爱

127

这对革命恋人，风里雨里
彼此相爱，却从未表白
在反动派，爬满邪恶的铁牢里
勇敢吐露心迹

也许，爱是最浪漫的事
读完这个字
要用尽一生

陈铁军喜极而泣，从心里
吐露出，久未说出的滚烫方言

幸福深处。时光慢慢隐退
爱人的眼神变得更加清澈

她想好好装扮一下
给周文雍一个意外惊喜
告诉自己的"丈夫"
她是一个优秀的共产党员
党的好儿女

她从衣服里找出一条
绣有英雄花的丝巾
这是给周文雍包扎过伤口的
特殊信物

这一份永远的纪念
是镇守在陈铁军内心的那片浓荫
如连着心的木棉
风雨中，有着共同的信仰
一起顽强抵抗颠簸的黑夜
一起承担爱情的重量

她将所有盼望，都埋在枝头
怀揣春天，随一朵红
载入梦的旖旎

火苗跳动
他们将心紧紧连在一起

捧着这一信物
那是一份同生共死的爱情
一首超越时空的
坚贞不渝

128

临刑前，他们肩并肩
站在铁窗下
神态自若，幸福地
拍下一张合影
这是他们唯一存世的绝响
给了党和同志们
永恒的纪念

那是不寻常的美
让恋人彼此丰盈、超脱
泪水
在悲欢交集处寻找共鸣

黑白照片中

周文雍左手靠背
陈铁军披着
亲手编织的温暖，紧挨着心上人
这是风中最美的影像
他们凝重的神情
像是在打听春天的消息

这对志同道合的挚友
站在爱情的光阴里
以大地为证
在临刑前那一刻
公开爱意

这是广东红色历史的佳话
这是纪念碑上挺立的脊骨

129

1928 年的正月十五
本是热闹的元宵佳节
却寒风刺骨，阴雨绵绵
上天似乎知道了什么

风，呼啸着薄凉

雨，在哽咽悲泣
弯弯曲曲的羊城街道
挤压在匆忙的人间
一种悲伤，提前抵达

周文雍与陈铁军，被押上囚车
一路游街示众
临危不惧的陈铁军
向围观的群众高呼"打倒国民党反动派"
"中国共产党万岁"

英雄用尽全力的呐喊
感染着春风
大批群众尾随刑车
一路上悲壮送别

当囚车押赴到东郊红花岗刑场
陈铁军、周文雍，并肩屹立
高昂着头颅，如气吞山河
在反革命侩子手的罪恶枪声中
英勇就义

在生命最后一刻，他俩
用尽力气喊着道："同志们，革命到底！
就让这枪声做我们的结婚礼炮吧！"

130

山河垂泪
这是一排排黑洞洞的枪口
毁灭记忆的鬼火
焚烧着铺天盖地的悲伤
而此刻，在汝城，在耒阳
在井冈山
扑不灭的火焰
正在星火燎原

从星光弹孔流出的
是热血，是染红了的黎明

英雄用鲜血，书写的惊天地
泣鬼神的壮举
是这一场著名的，刑场上的婚礼
荡气回肠的历史镜头
永远定格在广州红花岗

就义时
周文雍，23 岁
陈铁军，24 岁
他们把刑场当作结婚的礼堂

把反动派的枪声当作礼炮
从容地，将自己最宝贵的生命
献给了伟大的革命事业
献给伟大的党
献给了英雄的人民

1928 年春天这一声
罪恶的枪响
让陈铁军的这个名字
永远年轻在 24 岁

而她倒下的山冈上
每个春天都站了起来
是那样的鲜艳，那样的洁白

他俩走过的路，每一对脚印
都是一枚勋章
存放着曙光的崇高处

131

他们的精神刻在石头的
肋骨上
血迹绣成旗帜，绣成木棉花

优秀的品格
提炼出高纯度的爱情
装饰着
祖国年轻的天空

很多年过去了
他们的名字
像高悬的明月，奉献皎洁
照亮一段崎岖的路
迷人的光彩
为一个时代壮行
为一个民族砥砺

第 六 辑

鲜血浸染的宣言

132

站在木棉花开的街头
侧耳倾听佛山英烈故事
红色册页的天空
闪烁着星星和不灭的革命诺言
里面有打铁声
押着一个个清贫的韵脚

重温红色记忆
一轮红日稀释了沿途的风景
我缓步走进铁军的世界
风轻轻叩击。我隐约听到
铮铮铁骨的余音
抚慰着尘世涌出的眼泪

133

凝视铁军雕像
我用手擦拭脸上的雨水
春天的故事
在一场雨水里镀铜
歪歪斜斜
写满了热泪盈眶的诗行

陈铁军，这朵鲜艳的木棉花
把民族的命运扛在肩上
书写革命者的无悔与忠贞

那刻在石碑上的名字
是我们难以忘怀的忧伤

134

观看纪录片，闪现的命运
播放着镰刀铁锤的光芒
那日记本上，一幅敢与敌人叫板的剪影
合成佛山信仰的高度

青山不老
那时候，夕阳
正骑在西樵的山梁上
松塘村的暮色里
有个晚归的身影
显得那么孤寂和苍老

从一封春风的来信
看见区梦觉

为一块生铁
铸造出生命的光辉

春风过处，有人
披挂起蓝天的盔甲
寻找黄金般的夕照

天地有正气
铁军雕像，身后的世界
坐拥着前世的坎坷
值得用整个春天赞美

两旁簇拥的鲜花
映照着英雄的模样
民族的大义穿过序言
是一种不灭的光圈
品格的骨朵
像木棉花的蓓蕾
迎风开炸

我在这里
等一阵风
推开历史的沉重
坐在春天里

听一首嘹亮的赞歌
缅怀英雄

135

轻推铁军小学的大门
拨开历史的烟云
游戈于另一个时空

季华乡酝酿了多年的风声
在耳畔回响
侧耳倾听，先贤
陈铁军留落的澄澈词语
她疾呼的劲儿
仍带着浓烟
在校园内回旋

反帝反封建的呐喊
撕破夜色
那个策马的女子
披着风的羽翼
追赶红色的青春

如今，民国朗朗的书声

早已化作鸟鸣
被一栋老建筑传承下来
孵出古训新嫩的叶子

太阳从东方凸字形的红砖
爬出黑暗。百年的凝重
漩涡，坐在校史馆
闪烁的光泽，越渐潮湿

这一刻
古树沙沙作响
风，一遍遍朗诵新思想
一首民谣，穿过女子的血管
有节律，反复吟唱
河流的源头，崭新的时代

铁军小学是一部历史的长卷
行走在校园内
如翻开了厚重的页码
我用诗句和热血
记下这里的星光
在一件件旧物的叙事中
看到佛山灵魂的楷模

在红砖装饰的教学楼前
一片绿地上
我努力辨认几种植物
却忘记了它们的学名
生命的光鲜抱着
一段破晓文字
有时间，有人物
也有情节
历史，在这片绿意中停留

一朵朵木棉
留一地芳菲
一个故事
人民一直记着
那个腥风血雨的过往
陈铁军呼喊着，奔跑着
像一盏点亮的灯……

这时，校园的小路上
脚步声此起彼伏
孩子们，奔跑如飞
欢声笑语洒满每一个角落
操场上，红旗飘扬
隐约听到眼下奋进的号角

宽阔的跑道上
一滴滴汗水落下
就像一首
英雄未完成的歌

沉浸于此，一股澎湃的力
推动着，闪光的名字
铁军学子
和着琅琅的书声
向上升腾

136

移步到陈铁军故居。一窗晴阳
多像失而复得的暖意
一枚钉子
站在繁忙的解说词里
相约，相守

讲述被锤打的过程
讲述这个古镇
锲进中国革命史诗的体内

墙上，这一枚钉子
把阳光嵌入生平简介里
在事物推进中
被善庆坊的夜色，捂住锋芒

137

这座普通的老宅
如一块巨大的磁铁
吸引着无数的目光
一遍遍擦拭民国的灰尘

过往，一声春雷
从天空落下
敲在绿色的花窗上
虚掩的旧门铿铿作响
红烛滴落影像
一株闪电的秘密恣意生长

高高的镬耳墙，竖起耳朵
每一块青砖都是醒着的
有人，衔着半明半暗的梦
奔跑，呼吁……

疾风撕裂着云层
历史的车轮已滑进遥远
一声响亮的预言
从这间小屋传出
指引民族走向明媚

此后，佛山红色封面
站着一位铮铮铁骨的她
那些用青春喊出的宣言
生根，发芽。结出理想的果实
如同群山成为大地的高度

138

行走在铁军公园
站起来的塑像，高高耸立
清明节沾着露珠的菊花
和敬礼。纷至沓来

在生死面前，卓立
一切悼念和微笑
都能擦亮灰暗的天空

风华正茂的陈铁军

临风而立
人民仰望她的角度
就是她挺拔的高度

此刻，人间高尚的爱情
在一块石头上起火
闪闪烁烁，讲述着信仰和自由

枪声已去，刑场上的壮语
仍在大地上传颂

139

远处。木棉树
举起春天
举起一片沉甸甸的曙光

挺直的树杆，像时间的大笔
写出春风潦草的的颂词
写出一城山水的风骨……

一个人的公园
擎起佛山之心的高度
写出壮阔史诗的

这里
成了爱国主义教育场所

一把生生不息的火

一个灵魂的颤栗仪式
一个壮烈的眺望
一部用鲜血浸染的宣言
一首超然的绝唱
让铁心随党的坚毅
长出翅膀
在虚妄的空气里，抵达
澄澈和明亮

一座丰碑
像望远镜对准民国
对准，唐贞观二年的佛山

尾 曲

历史是最好的教科书
也是最好的清醒剂

阳光灿烂，国泰民安
愿盛世如你，走过长长木棉花道上

【来自人民的歌声，再次响起】

曙光，照耀着大地
挺拔的木棉举起摇曳的火炬
点燃了岭南山河万里

呼儿嗨哟，是你
反帝爱国运动中振臂高呼
跳出黑暗的栅栏
迎着东方的虹霓，披荆斩棘

红棉怒放，万万千千
这是大地给你的掌声
这是来自人民的歌唱
有你，就有了铁骨的坚毅

你是英雄的化身
有你，铁血敢担当
风雨中，你铁心跟党走
将壮烈写满天地，铁拳打出了胜仗

这一永不变色的铁血红花
面对反动派的枪支
你用一颗炙热的心
书写了春风的证词

如今盛世已如你所愿
你的风骨，却让人们永远铭记
激励着我们，勇往直前

看，远处河山延绵
一朵灿烂的红
染遍一片天，壮丽而辽阔

后 记

这是我的第一本长诗集。

佛山是一个长诗之城，而我作为其中一员，交出这一部《铁血红花》，算是向我生活的历史文化名城一个郑重的交差，也算是自己多年喜欢诗歌的一个重点工程，对于这部长诗，我已反反复复做了多次的修改。

诗神有知，为之呕心沥血，我认为很值得！

陈铁军，一个响彻中华大地的有金属之铿锵的名字，她的故事传遍了大江南北。在那个艰苦的革命岁月中，她身先士卒，英勇无畏，为国家和民族的解放事业付出了巨大的努力。她的铁骨铮铮，成为令人敬仰的英雄，人民心中的楷模。

这些年，作为一位设计工作者，我一直在从事有关党建与红色主题教育、爱国主义精神培育、廉政教育等基地、场馆、公园的规划、策划、设计。对讲好党的故事、革命英雄的故事做了大量的实战案例。先辈们为了国家和民族利益而不惜牺牲自己，为人民幸福而无私奉献的精神，让我深受鼓舞与洗礼，思想在此得到升华。尤其是陈铁军这位巾帼英雄，这位有铁的信仰，铁的意志的佛山女儿，她的精神品质和高尚情操，深深折服了我；在我遭遇突如其来的打击，被生活枪弹横扫之时，陈铁军这位女性英雄的坚韧不拔、不屈不挠的事迹和精神，深深激励和鞭策着我；她的自强不息，成为灌注我生命的钢筋水泥，唤醒了我自身强大的力量。

都说"人无精神则不立"！通过对铁军精神的深入研究和学习，我拿起自己的笔，讲述火种的故事；在逆境中锻炼力量，在水墨汉字里踏上一条充满阳光的小径，献出饱满精神，致敬人民的英雄。

陈铁军的革命精神不仅是历史的遗产，更是新时代昂扬奋进的磅礴力量！我用3000多行的长诗语言，分六大辑讲述陈铁军的英雄事迹，铭记革命历史，书写和宣扬英雄精神，目的是继承和发扬烈士坚定的理想信念，不怕牺牲，英勇斗争，勇于奉献，敢于担当的革命精神。让铁军精神更好地发扬光大，赓续红色血脉。

今年正值新中国成立75周年，也是陈铁军烈士诞辰120周年，希望此诗集为忠诚的共产主义战士周文雍、陈铁军革命英烈，献上一份礼物，传承先烈遗志；也希望将佛山这块土地上的宝贵精神财富化作持久的力量，做更好的传播，更好的价值引领。以此来启迪青少年，以陈铁军为榜样，树立正确的世界观、人生观和价值观，传承和弘扬陈铁军的革命精神，并将这种精神内化于心，外化于行。做有理想、敢担当、能吃苦、肯奋斗的有志气，有骨气，有底气的新时代好青年。为实现中华民族伟大复兴而努力奋斗，为人民幸福和国家的繁荣贡献自己的力量！

　　是为后记。

作　者

2024 年 4 月 30 日